あこがれ発シドニー行き

55歳からの海外女ひとり暮らし

永田朝子

文芸社

藤本義一・統紀子ご夫妻と著者（左）

オープンテラスからの夕陽

お気に入りのオープンテラスにて

公園の近くにあるマンション
の17階がわが家

真っ赤な
オットマンチェアー
のあるリビング

大好きなワトソン・ベイ

エアーズ・ロックにて

友人とプレイしに行く自宅近くのゴルフ・クラブ

あこがれ発シドニー行き

55歳からの海外女ひとり暮らし

まえがき

藤本義一

——人生は一冊の〝本〟である。

永田朝子さんの体験記を読んでの感想である。

〝本〟という文字は〝木〟の根っこの部分に傷を付けて出来たものだ。

樹木の内側の皮を剥いで乾かし、そこに鋭利な刃物で文字や記号を刻み、その上に墨を塗って紙に写すと〝本〟が出来る。英語の〝ブック〟もフランス語の〝リーヴル〟も樹木の内側の皮を意味しているから、世界各国同じ発想で〝本〟という文字が生れたことになる。人間には誰しも自分の生き方を記録したい本能が宿っている。それは、生きてきたという証明と同時に、生きているという実在を自らに語りかけたいという時期にさしかかった時に生じる願望ともいえる。

永田さんはその時期がきて、一気に吐き出したのだろう。彼女の思考はすべて直線である。決断すれば、もう退くことを考えない性格が窺える。文章の運び方から想像出来るのは、生い立ちから今日に至るまで〝逃避〟とか〝回避〟といったものを嫌う性向があるように思われる。いや、嫌うというよりも、ある場所に定住していると自分の内側に不安が忍び込んできて、精神的に不安定な状態になることを察知する環境を歩んできた人のような気がする。常に自分に決断を促し、その方向に足を踏み出さなくては〝自己〟を保持することが不可能だと思う人なのだろう。

逡巡を避ける人だと読める。日本女性にしては珍しいタイプだと思う。

人生の青図（設計図）を頭の中に描くと、もう一切の修正なしにその線上を歩き出していく人なのだろう。

各章を読みながら、私は幾度呟いたかわからない。

「ゆっくり急げ」

と。

これは確かローマ皇帝の口癖だったと思うが、人生は〝ゆっくり〟という余裕が一番の宝物であり、そこに蹲っていてはいけないという意味である。矛盾したいい方のように受け取れるが、決してそうではない。

人間には、この矛盾したような二つの部分が均等に存在していなければ人生の滋味は約束されないと思う。

だから、私は、オーストラリアからの永田さんの電話に向かっていったものだ。

「永田さん、車のハンドルにもアソビの部分があってこそ安全運転出来るということを忘れないで欲しい。どうもまだアソビの部分がない固定ハンドルの感じが多いな。文章に」

と。

すると永田さんは、

「はあ、アソビの部分をつくります……」

といった意味合いの言葉を返した。

ひょっとすると、この一冊が永田朝子流のアソビの第一歩のような気もする。そうであって欲しいと願う。

◆目次

第4章 第一生命勤務時代 107

第1章　シドニーに暮らす　その1

自由気ままなシドニー一人暮らし

はるか遠く樹海の向こうから太陽が輝き始めるのを、早起きして眺めるのが好き。朝の光がまっすぐに私のオープンテラスに射し込んで、やがて大好きなブーゲンビリアを照らしだすと、私はリビングのガラス戸を全開にする。

少し冷気を含んだ新鮮な空気が、部屋いっぱいに流れ込んでくる瞬間は、なんともいえず心地よい。

さあ、きょうもシドニーの一日が始まる……。

きょうはどんな一日になるのかな、どんな新しい発見があるのかな……、そんなワクワク、ドキドキする毎日を送ることは、私が長年あこがれてきたことでもありました。ここはオーストラリア・シドニーにあるチャッツウッドという街。

私が長年の夢を実現し、この街に暮らすようになってまもなく二年になろうとしています。天気がよい日ならほぼ間違いなく、その太陽の輝きとさわやかな風は、私の目覚ましがわりとなり、一日中太陽がふりそそぐ北向きのオープンテラスから、ここシドニーでの私の一日が始まるのです。

地上二〇階建て建物の一七階。オープンテラスからの眺めは、はるかかなたまで広がる青々とした樹海と、超近代的高層ビル。初めてこの部屋を訪れた人は、まず、みなさん一様に感嘆の声をあげてくださいます。そのあとは決まって、大きなため息。自分が毎日見ていて飽きないこの一七階からの眺めに、おそらく訪れた方も真っ先に視線を惹きつけられるのでしょう。そのたびに私は、

「そうなの、ここを選んでよかった……」

そう、声に出してつぶやいてしまうのです。

オープンテラスの鉢植えに水をやり、フルーツと野菜中心の簡単な朝食をすませると、やがてマンション入り口のオートロック・ドアフォンが鳴ります。午前八時。友人のジェニーが、階下にあるジムとプールへ私を誘いに来るのです。マンションの住人に限り、フリーで利用できるこのジムとプールは私の大のお気に入り。さらにもう一人の友人ロレッタと合流して、三人でひとしきり、ジムで汗

を流します。その後はプールで二〇〇メートルほど泳いだら、かたわらにあるジャグジーバスへ。週に一度はスチームルームに入ってセルフエステをすることもあり、もちろん、その間、三人のおしゃべりは続いています。

話題はお互いのプライベートな内容に及ぶことも多々ありますが、いわばそこは情報交換の場でもあり、私のシドニー暮らしの重要な位置を占めています。毎日の生活のこと、物価のこと、安全に暮らすための情報、地域の人々との交流について、などなど。果てはゴルフの話から、一緒にバカンスに出かけようという相談まで、話が尽きることはありません。

例えば、オーストラリアの日本大使館が呼びかけている注意書きによると、当地では現実にはひったくりが横行し、多数の邦人が被害に遭っているそうだ、などという話題。とはいっても、私自身は幸運にも、これまでにまったくそのような被害に遭遇してもいませんし、身の危険を感じたこともありません。街を歩いていても、めぐり会った人々と会話をしていても、親日的だなぁ、と感じることはあっても、不快な思いをしたことがないのです。ただ、外国暮らしをしていくうえでは、常に注意を払うのは大切なことだという認識はしています。

オープンテラスから樹海を見る

また、当地の物価は、特別暮らしやすいというほどではありませんが、日本の都市で生活することを考えれば、やはり安く暮らせていると感じます。しかも、ゴルフのプレー料金が、日本と比べると信じられないくらい安く、一八ホール、カート代込みで二〇ドル（一オーストラリアドル＝約七〇円）。予約も必要なく、いつ行ってもすぐにプレーできるのです。私と同様にゴルフ好きなロレッタとは、今度はいつプレーしよう、などという話でいつも盛り上がります。

こうしておしゃべりをしながら友達と過ごすひとときは、ここに移り住んで以来の、毎朝の私の大切な日課。午前中は片付けものをしたり、電話やファクスやEメールなどの連絡をしていればあっという間にお昼。パスタなどで軽く食事を済ませると、月曜だけは午後、ゴルフの個人レッスンがありますが、ほかの日は街を歩いたり友達に会ったり。いつも部屋に花を欠かさないことと、フルーツと野菜がおいしいので、買い物も一人暮らしの割りには頻繁になります。

そしてテラスで音楽を聴きながらお茶を飲み、本を読む……。のんびりとした時間が流れるこのオーストラリアで、自由気ままな一人暮らしを、リタイア後の今、私は謳歌しているのです。

シドニーでめぐり会えた二人の友人

シドニーに移り住んで二年の間に、いろいろな方々と知り合いになり、また親しくさせていただいています。なかでも、ジェニーとロレッタはすでに親友と言っていい存在。この二人のおかげで、私のシドニーライフは予想を遙かに超えて、充実したものになっているのです。
シドニー在住二五年のジェニーは、私のマンションのすぐ近くで韓国料理の店を経営する韓国人。年齢は私より一二歳若いけれど、考え方もしっかりしていて、とても話が合う人です。ジェニーのお店には、韓国料理のほかに「天ぷら」や「とんかつ」などもあるので、食事はほとんど外食ですませている私には大助かり。だいたい週に四日はお店に通っています。

海外に滞在していて、そこで新しく友達を作りたいと思ったら、気に入った店の人に声をかけてみたりするのも、一つの方法だと思います。通いつめれば「お得意さん」になり、ジェニーと私のように友人にもなれる。引っ込み思案でいては、いつまでたっても外国で友達などできないのではないでしょうか。積極性って、いくつになっても大切なことだと思います。

ロレッタは私より三歳年下の台湾人で、すでにシドニー在住一〇年。同じマンションの住人です。しかも、偶然にも私と同じように、台湾に住むご主人のところと行き来をしながら、ここで一人暮らしを楽しんでいる人なのです。

私がここに住み始めて間もない頃、一人でプールに行こうとすると、ロレッタがすでに泳ぎ終えて、部屋に戻るところでした。初めて顔を合わせたので、そのときはまだ、彼女がレジデンスの人なのかホテルの泊まり客なのかはわかりませんでしたが、思い切って声をかけてみました。

「中に、誰かいるかしら?」

「いいえ誰もいないわ。一人だと倒れたりしたときあぶないから、気をつけて」

「ありがとう。もし、明日もプールに行くなら、一緒に行きましょうよ」

そんな会話がありました。ようやくロレッタは私の住むフロアーの一つ下の階の住人であることがわかり、早速お互いの部屋を訪問したのです。それからは、いろいろおしゃべりをしていくうちに、現在の生活スタイルが似ていること、考え方が近いこと、フィーリングが合うこと、趣味はゴルフだということ、などなど、友人になって当然というような要素が次から次とあって、私たちはたちまち親しくなりました。

ロレッタは台湾のハイソサエティの方で、一時は家族全員で、シドニーに住んでいたのですが、ご主人の仕事の都合で目下のところ別住まい。子育ても終えて、「私の時間が欲しい!」という気持ちを、その通り実行している人なのです。

私は、自分のような暮らし方は、やはりかなりレアケースなのだろうな、と思っていましたが、それはどうやら日本でのことらしく、こうして海外に住んでみれば、同じような生活スタイルの人に、こんなにも簡単にめぐり会えたのでした。

私はとくに宗教はもっていませんが、ロレッタと知り合ったのは、まさに神様のお導きでは……と、いつも二人で神様に感謝をしているのです。

どんなにその国が好きでも、友達もできずに毎日一人で暮らしていたら、それはきっと寂しいに違いありません。私は、マンション内の施設では、住人とわかれば積極的に話しかけますし、地域のイベントなどがあるときも積極的に参加しています。また、地域住民のためのクラブに顔を出したりもしています。そんなことからいつの間にか、知り合いの輪は広がっていくのではないかと思っているのです。

例えば、ロレッタとはしょっちゅう、チャッツウッドクラブという、地元住民が利用できる施設で食事やダンスを楽しんだりしていますし、また、地域で行われるマラソン大会などにも参加し、地元の人々との交流を楽しんでいます。おかげで、私の手元のアルバムは、こちらに来てからの楽しい思い出で、次々と膨れ上がっているのです。

いつか海外に移住したい

中学生の頃から、私はずっと海外にあこがれをもち続けてきました。そして結婚後に、商社に勤務する夫の海外赴任に伴って、フィリピンのマニラでの生活を体験して以来、私はいつも心の中に「いつかは海外に移住したい」という思いを抱いていたのです。その後世界約五〇カ国を旅しましたが、それは常に「自分はどこに住みたいのか」「私に合う国は、私に合う街は、どこなんだろう」という場所探しであり、単なる観光旅行ではなかったのです。

最初は海外での二週間の滞在、あるいは一カ月の滞在を体験し、それで満足できるかどうか自分を試してみたこともありました。しかし、やはり私がしたいのはショートステイではなく「移住」なのだと、はっきりと意識するようになったのです。そしてそれは、早い時期から単なるあこがれではなくなり、時を経るにしたがい、しだいに強い意志へと変わっていきました。

……私が住む場所は、この日本じゃない。どこか外国に暮らす永田朝子になりたい……。

それを現実のものとして考えられるようになったのは、長年勤務した会社からの早期退職を心に決めたときからでした。それまでにすでに五〇数カ国を旅しており、訪れた国のなかから、移住先はオーストラリア・シドニーに絞られていたのです。そして平成八年、もちろんまだ在職中でしたが、私はシドニーに家を買うことを決意し、勤務のかたわらその準備段階に入っていました。その年の八月、まず二週間ほどホームステイをし、暮らしの様子を見ながら不動産物件の現状を知ろうとしました。

このときから、オーストラリア人と国際結婚して、すでにシドニーに三〇年近く暮らしている高校時代の友人K子さんが、私がシドニーに移住するにあたっての、またこれから先の私のシドニー暮らしを応援してくれる、かけがえのない協力者となってくれたのです。K子さんのことは後にあらためて詳しく述べることにしましょう。

「あこがれ」を現実のものに

中学生の頃から常に外国へのあこがれを抱き続けてきた私は、年齢を重ねた現在も、そのころ抱いていたあこがれを、そのままずっと追い求め続けているのかもしれません。そして、シドニーという地を見つけ、実際に暮らし始めた今も、私のあこがれはそこで終結することはありませんでした。毎日のように遭遇する新鮮な出来事や出会いから、次々と新しい発見は生まれ、私のあこがれは、今もさらにさらに続行中なのです。

「あこがれ」を、思い通りに実現させていくことができた原因は、いったい何だったのか、最近、人からもそんな質問をよく受けるようになりました。自分では無意識のうちに、しだいに現実のものになっていった……と思っていたのですが、しかし、決してなりゆきでなったことではありません。目的に向かって、無意識のうちに現実化することを信じ、努力をしていた、というのが本当のところだと思います。

「あこがれ」をただ単に「夢」としてしまえば、「夢」を見るだけで満足し、すべてはそれだけで完結してしまいます。私にとっての「あこがれ」は決して「夢」だけではないのです。「あこがれ」はいつか必ず実現させたい、具体化させたいものなのです。そしてその「あこがれ」に向かって生きていくことが、私の人生そのものだと思うのです。

絶対に実現できないと思い込んで毎日を過ごしていては、「あこがれ」であれ「夢」であれ、どんどん現実から遠のいていってしまうことでしょう。私は持ち前の前向き姿勢と行動力で、「あこがれ」はいつか必ず現実のものになる、とずっと信じ続けてきました。そしてそのために努力もしてきたつもりです。

ただ信じているだけでは、そう簡単に話は進まなかったと思います。信じつつ、努力を惜しまない……、その結果が、「あこがれ」をどんどん現実の世界へとつなげていったように感じます。

おそらくこの本を読まれるみなさんが、海外生活を具体化したいと思うにあたって気にされることの一つは、資金の問題ではないでしょうか。第4章をお読みいただけばおわかりのように、私は仕事にも熱中しました。いくらきれい事をいっても、海外暮らしを実現するには資金がなくては何も始まりません。当然ながら誰かに資金を提供してもらって海外暮らしを実現するのと、自分の力で実現するのとでは、その暮らしも考え方もまったく違ってきます。私はどうしても自分の力で、「あこがれ」を実現したかったのです。

仕事をして、海外生活のための資金を用意していったことは、実現に向けた努力であったと思います。それが、汗水たらして努力したように見えないのは、そのことを辛いとか、苦労したとは思わなかった点にあるといえるでしょう。事実、私は仕事が楽しくて楽しくて仕方ありませんでした。もちろん、辛いことも厳しい状況もさまざまにありました。それらをすべて含めて、私は仕事が好きでした。それゆえ、苦しみながら努力を重ね、海外暮らしのための資金を用意したようには見えないのだと思います。

性格の問題、と言い切ってしまえばそれまでのことですが、気の持ちようでもあるのです。それによって「あこがれ」をただの夢に終わらせない、現実のものにするのだ、というモチベーションは確実に上昇していきました。加えて、仕事の状況が良くなってくるにつれて、海外旅行の機会も公私ともに増え、いつの間にか、これまでに旅した五〇カ国以上もの訪問記録が残っていたのです。

豊富な海外旅行経験は、最終的にセカンドライフを過ごすための街を選ぶのに、大変役に立ちました。そしてふと気づいてみると、もう私の「あこがれ」は、すぐ目の前に現実のものとして現れていたのです。

オーストラリアの自然に心ひかれる

これまでの五〇カ国を越える海外旅行の体験の中から、自分が追い求めていた世界が、ようやく、ここシドニーで見つかりました。

なぜ、アメリカではなく、なぜカナダでもなく、オーストラリアなのか……、そしてシドニーなのか……。シドニーで暮らすことを決めて以来、人からそう問われることが多くなりました。そんなとき私は、

「オーストラリアという国のすべてが、シドニーという街のすべてが、無意識のうちにずっと私があこがれ、望んでいたものだったから」

と答えています。

オーストラリアの魅力は何と言っても「自然」がすばらしいことにあるといってよいでしょう。しかもその自然は、想像を絶する迫力で私を圧倒しました。一口に自然といっても、その内容は実に幅広く、その個々の自然のスケールの大きさには目を見張るものがあります。美しくもダイナミックな海、珍しい動物や植物が生息する豊かな環境、そしてどこまでも地平線が続く広大な大地……。

人の手が加えられていない、まさに自然そのものが、自分のすぐ目の前にある……、それがオーストラリアです。私は何よりも、この地の自然そのものに魅せられてしまったのです。もちろん、ただ自然を望むのであれば、オーストラリ

アだけにこだわる必要はないのかもしれません。世界にはまだまだ人の手が加えられていない自然が残された、素晴らしい国がたくさんありますし、現に私自身もこれまでの海外旅行経験で、それを実感してきています。

でも何かが違う。オーストラリアの自然だけは、私がこれまで見てきた他の国々の自然とはどこかが違うのです。その違いは、もしかしたら私だけが感じるオーストラリアという国の空気そのものなのかもしれません。

空気……それは現実には見えないけれども、必ずや自分の中に感じ取れるもの。そして合うか合わないかがはっきりとわかるものだと思います。私は何度かこのオーストラリアを訪れるうちに、この国の空気が自分に合うと感じました。空気そのものが心地よいと感じるのです。心地よいと感じるこの地の空気の匂いや温度は、はっきりとした形に現れてはいないけれど、この国に暮らす人々の意識の中には如実に現れています。

オーストラリアという国の宝といっていい自然は、この国の人々が誇りに思い、大事に守られているものです。人々は当然のこととして、国の自然を守ることに関心をもち、身近なところからそれらを実行しているように見受けられます。観光地の開発ですら、自然を守ることを第一に考えて行われています。

この国に住む人々と実際にふれあってみると、みなが一様に自分たちの国の素晴らしい自然を認識し、いかに大切にしているのかということがよくわかるのです。

実際、こちらで知り合った友人や知人と会話をしていても、これらの話題は頻繁に出てきますし、彼や彼女たちの言葉の中から、その関心の強さがうかがえることがたびたびあります。

こうしたこの国の人々の姿勢も、私にとってはとても心地よく感じられ、そして極めて共感できるのです。当然ながら、現在オーストラリアの住人となった私自身も同じように、私が大好きなこの国の自然を守っていきたいと思っていますから、人々が自然を大切にする気持ちに、これからも惜しみなくできるだけの協力をしていくつもりです。

これまでに見たことがないスケールの大きな本物の自然に、初めてめぐり会ったとき、ある種のショックにも似た、言葉では表現し難い感動に包まれるということはないでしょうか。私自身、移住の前にオーストラリアを何度となく訪れ、新たな自然にめぐり会うたびに、言葉では表現し難いほど、強烈な感動に包まれていたことを、はっきりと憶えています。

こうした感動がいつしか私の心の中に蓄積し、

「こんなにすばらしい自然にあふれた国で、リタイア後の暮らしを送ることができたら、どんなにか素敵なことかしら」

そう考えるようになっていきました。そう思うことがまったく不思議ではないほど、このオーストラリアという国の自然は、私の理想の心地よさにぴったりと適合していたのです。

快適に暮らしたい

私が現在暮らしているシドニーは、オーストラリア最大の都市です。自然が大好きな私が、なぜ自然のまっただ中で暮らそうとしなかったのか、都会に住むのならオーストラリアで暮らす意味がないのではないか、そう疑問に思われる方もいらっしゃるかもしれません。

たしかに私は自然が大好きです。前項で述べた通り、オーストラリアの自然に魅せられて日本を離れる決心をしました。けれどもそれは、大草原の真ん中で暮らすことや、野生動物たちに囲まれて暮らすことを望んでのことではないのです。夢の中だけでなら、そんな暮らしも、自然が好きな人にとっては理想的といえるでしょう。しかし、現実はそう簡単ではないし、甘くもありません。

リタイア後の海外暮らしは、自分がその国や街の暮らしに無理なく適応していくことができるかどうか、がとても大事なことです。若いときに行動力のみででできるような冒険の旅とは違うのです。

私がシドニーという都市を選んだ理由の一つに、さまざまな国から移り住んできた人が多い街であることがあげられます。もちろん、これはシドニーに限ったことではありません。オーストラリアという国そのものが「移民の国」であることは広く認知されていることですが、人通りの多い街の中を歩いていても、目に入る肌の色は実にさまざま、アジア系の人もたくさんいますから、私自身まったく違和感なく、すんなりと街に溶け込んでいけるのです。これは都会に住んでいるからこそ、自分で認識できる感覚ではないかと思います。

また、シドニーは、そうしたさまざまな国の人々が集まっている都市ですから、当然のことながらそれぞれの民族料理店がいたるところにあります。一人暮らしはどうしても外食が多くなりますから、こうしたレストランが豊富なことは大変に便利であると同時に、楽しいことでもあるのです。

便利ということでいえば、やはり快適に暮らしていくためには、都会の便利さはどうしても無視することができません。私は日本でもずっと都会で生活していましたから、リタイアして外国に住むからといって、いきなり不自由な暮らしはできないのです。これからさらに年齢を重ねていくうえで、これはとても重要なことだと思っています。

都会にいてオーストラリアらしい自然は感じられるのだろうか、と思われるかもしれませんが、うれしいことに私は毎日感じています。しかもわが家に居ながらにして……。

そう、快適に暮らすシドニーのわが家で感じる自然こそ、私にとって最高のオーストラリアの自然なのです。

空の青さ・太陽の輝き・風の心地よさ

わが家で感じるオーストラリアの雄大な自然。それは何といってもオープンテラスからの眺めです。

どこまでもどこまでも続いているように広がる青々とした樹海こそ、まさにオーストラリアならではの、自然の景観といっていいでしょう。それに加えて、見上げた空の色の青いこと、大好きな太陽の輝き、部屋の中を吹き抜けていく心地よい風……。

それは理屈で語れるものではなく、私の皮膚が直接感じる自然とでもいうのでしょうか。これまでに日本で感じていた空の色とは違う青い空や、私がこれまでに感じたことがないほどの太陽の明るさは、それらの一つひとつが私の肌に馴染むように心地よく感じられるのです。それこそが今の私にとって、オーストラリアの自然なのです。

私がシドニーの住まいを決めたこの大きな理由は、親しい友人たちに語らせると、

「もっとも朝子さんらしい」

ようです。空や太陽や風や空気そのものとの運命的な出会いが、世界五〇カ国以上を訪れた中から、シドニーをリタイア後の住まいにしよう、と私に決意させたのです。

シドニーの街は公園の緑も美しく、季節ごとに咲く花は、毎日のように私の目を楽しませてくれます。何気なく街を歩いているだけでも、本当にみんなが自然を大切にしているのだなあ、と感じることがたびたびあります。そしてそのたびに、そういう国で暮らしていることの幸せを、つくづくとかみしめるのです。

シドニーの気候は全体的に湿度が低いため、空気がカラッとしていて爽やかだということも、ここで暮らすことを後押しするものでした。なにしろ、どんなことであれ、カラッと爽やかであることが、いちばん自分らしいと思っている私です。そんな私に、シドニーはぴったりと当てはまったのでした。

シドニーにマンションを買う

さて、第一回の家探しのために滞在したのは、風景の美しいダーリングハーバーにほど近いオーストラリア人宅でした。二週間の滞在のうち一週間は二人の娘も来豪し、その間はキッチン付のホテルに三人で宿泊して、買い物に行ったり料理を作ったりし、実際に「暮らす」感覚も味わってみることにしました。

家探しはまず、現地の新聞に出ている不動産広告から物件を当たったり、あるいは直接不動産屋に行って、よりよい物件はないかを尋ねたりすることから始まりました。滞在中はほとんど毎日、K子さんが車を運転して私たちを案内してくれたのです。

最初に見に行った物件は、ダブルベイという高級住宅地にある庭付きの一戸建てでした。もちろん、これはあくまでも参考までに見ておいただけ。どう頑張ったところで到底購入できるような価格ではありません。けれども、自分にとって現実的な物件を見る前に、ため息がでるような物件を見ておいたことは、後々とてもよい刺激になっているのです。あこがれが少しでも現実に近づくよう、私は、可能な限り妥協はしたくないな、と思いました。

このほか現実的な物件として三階建て四階建てのアパートメントばかりを、滞在中に四、五件見てまわりました。しかしどれも、間取りが気に入らなかったり狭すぎたりで、そう簡単にこれはと思う物件にはめぐり会えず、とうとう予定の二週間が終わり、私は日本に帰らなければならなくなってしまいました。なにしろまだ仕事は続けていたときで、休暇を利用してのシドニー旅行だったのですから。

この第一回めの家探しのためのシドニー滞在中、友人のK子さんは、私を、シドニーに長く住んでいる、およそ一〇人の日本人の方々に引き合わせてくれたのです。これは私にとっては、たいへん大きな収穫になりました。

「どうしてシドニーを選んだのですか？」

「シドニーというところの土地柄をどう感じていますか？」

「こちらの住み心地は？」

「ご近所とのお付き合いはどんな感じで？」

「日常のお買い物はどちらへ？」

「物価は高いと感じますか？」

このときとばかりに、私はお会いした方々に矢継ぎ早に質問しました。若いときに決断する場合は、たとえどんなことであろうと「何とかなるさ」ですみますが、年齢を重ねてからの「何とかなるさ」は、ないと思うのです。むしろ無謀に走って「何とかならない」場合の方が多いのでは、とさえ思います。慎重の上にさらに慎重に、と私は思っていました。

そして二週間が過ぎて帰るとき、「移住は、まだ、ちょっと無理かな」と思いつつ日本への飛行機に乗ったのでした。とはいえ「時期を焦らない」というだけであって、その後もシドニーへの思いは熱く、半年後のその年の暮れから翌年のお正月にかけて、夫とともに南アフリカのケープタウンを旅しました。シドニー移住が決まり、実現すれば、仕事はもうしないわけだし、経済的にみてももうこれまでのようにあちこちを旅行することもないだろう、と内心思っていたのです。

第一回目のホームステイは前述したようにオーストラリア人宅でした。オーストラリアの人が暮らす様子は、それとなくかいま見ることができましたが、やはり私は日本人ですので、日本人がオーストラリアで暮らすとしたらどんな様子か、ということは大きな関心事でした。

そして平成一〇年の八月、今度はリタイアメント・ビザ（退職者ビザ）でオーストラリアに移住した日本人の川嶋さんというご夫妻の家に一週間、ホームステイさせていただくことになったのです。川嶋さんはその当時シドニーに移って三年、チャッツウッドからバスで一〇分ほどのイーストローズヒルという閑静な住宅街に、素敵なお家を構えていらっしゃいました。

川嶋さんのようにご夫婦で日本から移住されてきたというのは、初めて出会うケースです。その川嶋さんご夫妻に出会えたことは、生活する上での現実的な話も聞くことができ、私にとってとてもハッピーなことでした。

毎日の朝食は中庭でいただきました。その朝食のたびに、私はこのうえもなく幸福を感じていました。

家の中に空がある、風がある、光りがある。

これ、これ、これなのよ、私が望んでいるのは。

この風、この太陽、この空の青さ。

そのすべてがなんて心地よいのかしら……。

私はそのときあらためて、シドニー暮らしをさらに強く望むようになりました。

もちろん、一週間の滞在中は例によってK子さんに付き添ってもらい、不動産物件を探し回ったことはいうまでもありません。やはり簡単に家は見つかりませんでしたが、私の中では「ここに住もう!」という決心が、動かしがたいものとして固まっていったのです。


平成一一年のお正月。家探しの目的に加え、OL時代からの友人の美和子さんとともに、オーストラリアの西南に位置するパースに旅行しようという目的もあって、ふたたびシドニーを訪れました。

美和子さんは、ご主人の海外赴任に伴って、かつてシドニー暮らしを経験したことのある、いわばシドニー暮らしの先輩。当時、美和子さんがシドニーに行くことが決まったとき、当然ながら私は真っ先にK子さんを紹介しました。しかも偶然なことに、美和子さんが住んだ家はK子さんの家から歩いて一〇分ほどの、同じチャッツウッドの街だったのです。

二〇年前に私が初めてオーストラリアを訪れたとき、シドニー空港で私を迎えてくれたのもK子さんと美和子さんの二人でした。これも「縁」なのだと思います。自分の人生を振り返ったとき、私には自分の人生のすべてが、偶然の「縁」の積み重ねという幸運に恵まれているような気がしてならないのです。

さて、話を元に戻しましょう。

シドニーに着いたのは一月四日。翌五日からはいつものように、K子さんの運転でいろいろな物件を見て回りました。K子さんが、

「チャッツウッドの駅のすぐそばに、これから建つ予定のいくつかのマンションのモデルルームができているから、参考までにっていうことでも、ちょっとだけ見ていかない？」

と誘ってくれた新築マンションがありました。新築とはいっても、実際の建物が建つ予定の場所にはまだ骨組みすらできておらず、ただ用地だけが確保された

ように囲いがしてあるだけでした。

「見に行かない？」

「いいわよー」

という軽い気持ちで見た一つ目のマンションは、一戸五〇〇〇万円ほどのところで、決定的な予算オーバーでした。どんなに気に入ったとしても、予算が合わなければ考えても無駄。

「私にはとても手がでないわ」

と、あっさりとあきらめました。こういうときの決断とかあきらめは、私は早いのです。駄目なものは駄目なんですから、未練がましく思っても無意味だと思うのです。

次いで見に行ったマンションは基礎工事が始まっていたところで、その用地の目の前にモデルルームができていました。

私は家を買うにあたって、自分なりのいくつかの条件を用意していました。

予算は三〇〇〇万円以内。

マンションなら最上階にあるワンベッドルームの部屋。

北向きで太陽がさんさんと当たること（南半球ですから日当たりがいいのは日本と逆の北向きの部屋です）。

そのモデルルームを担当していた不動産エージェントの、若いフランス人男性が最初に紹介してくれた図面上の部屋は、それらの条件にかなう部屋ではありました。しかし図面の上で見ると北向きの窓の横に妙な壁があり、いくぶん視界が遮られているのです。そばにいた美和子さんがエージェントの男性に「これは、何」と聞くと、隣の部屋の壁だとのこと。

「じゃあ、その隣の部屋のモデルを見せてちょうだい」ということで見せてもらった部屋の図面は、最初に見た部屋よりは少々狭いけれど、オープンテラス付ワンベッドルーム（ベッドルームが一つとリビングダイニング、キッチン、バストイレ）で、上層階であれば、おそらく抜群の眺望が期待できるであろう部屋でした。部屋の広さといい、間取りといい、当時一オーストラリアドルが七五円から一〇〇円の時代で、日本円にして三〇〇〇万円というのは、価格的にも私の条件にぴったり合いました。

そしてそのとき、かのフランス人男性が放った一言は、そのときの私の購買意欲を決定づけるものとなったのです。

「ここは一〇階まではホテル・ホリデイ・インが入る予定なんです」

「えっ、何、下はホテルになるの!?」

ホリデイ・インといえば、きちんとしているけれどリーズナブルで肩肘張らなくていいホテル。そういう気軽に入れるホテルが下にあるということは、これは想像以上に便利ではないかしら。これから先のことを考えて、ルームサービスも頼めるし、いつでも下でお茶が飲めるし、そのほかのサービスもいろいろ利用できて、しかもセキュリティがしっかりしている……。つまりホテル暮らしの延長のような生活ができる、と思いました。

その一秒後、私は契約書にサインをしていました。そしてデポジットとして約二〇〇〇ドルを支払ったのです。図面上で、しかも、まるで八百屋で大根を買うような即決で、マンションを買ったというわけです。

まさかそんなにすぐに家が決まるとは思っていませんでしたので、二〇〇〇ドルなどという大金は持ち歩いていませんでした。そこで急遽、K子さんが近くの銀行で預金を下ろしてくれて、美和子さんと私の手持ちの現金とを寄せ集め、どうにか間に合わせることができたのです。シドニーを訪れて二日目。私の五四歳の誕生日前日のことでした。

契約の翌日、私はK子さんからK子さんの家の顧問弁護士を紹介され、その弁護士さんに全面的にお世話になることに決めました。ここでは、家を購入するにあたっては、必ず弁護士が必要なのです。

私のような外国人がオーストラリアで不動産を購入する場合は、この国のFIRBと呼ばれる外資審議会の認可が必要で、そのFIRBを通してオーストラリア政府に事前に申し込まなければなりません。言葉の問題もありますし、後々問題が生じることのないように、不動産購入に関しては弁護士は必要不可欠な存在なのです。

今回の滞在でも、シドニーでは再び川嶋さん宅にお世話になっていました。契約を無事済ませた私と美和子さんは次の日、さっそくパースへの旅に出発したのです。パースは、リタイアした日本人もたくさん生活している、のどかで暮らしやすそうな街でした。しかし私は、「ここは違うな、私が住むのはパースじゃなくて、やはりシドニーだわ」と、感じていました。パースは、私には静かすぎる……、私には少々退屈すぎるのです。もっと年齢を重ねてからの移住なら、私もパースを選んでいたかもしれません。でも、そのときの私には、やはり、自然がありながらも十分に都市機能があるシドニーの方がふさわしいと感じたのです。

「私はシドニーに住む……」

そのとき、あらためて、自分の気持ちを確認したような気がします。

私の城を築く

シドニーにマンションを購入して帰国し、私はまたいつものように仕事に戻っていました。しかし、シドニー暮らしを始めるにあたって、しなければならない準備はいろいろあります。私はまず、K子さんの預金口座に当面必要になりそうなお金を振り込み、K子さんに弁護士への支払いその他に充当してもらうなどのお願いをしました。その年は、私の決めたマンションの場所を娘にも見てほしくて、四月にまた次女の真紀を連れてシドニーを訪れ、銀行にAsako Nagataの口座を開設。半年定期預金として二〇〇〇万円を預け、シドニー暮らしへの準備がしだいに始まっていったのです。

帰国後は、いつ仕事を辞めるかということを、いよいよ具体的に考えなければならなくなっていました。会社や同僚たちに迷惑をかけないようにするために、それからしばらく、辞めることを前提にして仕事の調整をしていくことにしたのです。そして、よく考えてみると、一年後には自分は五五歳を迎える……、五五歳の五月一日には勤続二〇年になる……、つまり会社の規定である企業年金が受給可能な条件が揃うということに気づきました。

さらに四カ月後の八月、今度は私の妹と一緒に、その年三度目のシドニーを訪れました。身内の誰かに、これから先私が住む場所を見ておいてほしかったのです。

私が住む予定のマンションは、当初その八月から入居できる予定でしたが完成が遅れて、入居開始は一二月に延期になっていました。しかし、建築も大詰めのようで、足場こそよくないものの上層階にも上がれるようになっており、私もK

子さんも私の妹もヘルメットを被り、私の部屋のある一七階まで上がることができました。私の部屋は内装工事の真っ最中でした。このとき初めて私は、自分の部屋のオープンテラスからの眺望を体験したのです。

住み始めて二年になる今現在、何よりも私のお気に入りの場所であり自慢でもあるオープンテラスですが、初めてその眺望を見たときの印象を思い出すと、意外なまでに冷静でした。もうシドニー暮らしが現実のものとして目の前にあり、心はすでにとても落ち着いていたのです。

「お姉ちゃん、ここに住むからね」

自分に言い聞かせるように、私は同行の妹に告げました。その日はなぜか、風が強かったことだけを、よく憶えているのです。

そしてさらに三カ月後の一一月、一人でその年四回目のシドニーを訪れたのです。すでにマンション下のホテルはオープンしており、一週間の滞在はそのホテルにしようと決めていました。購入時にはホテル・ホリデイ・インと聞いていましたが、実際にオープンしたのは「シドニー・パーク・ホテル」というホテルで、なかなか好ましい雰囲気で安心しました。

今回の目的は家具の購入です。シドニー・パーク・ホテルは、シルバーと白木のシンプルで軽やかなインテリアカラーで統一されていました。その疲れないナチュラルな感じがとても気に入り、私の部屋も「これにしよう！」と決めたのです。

買い物にも、いつものようにK子さんがずっと付き添ってくれました。でもそれだけでは、まさにホテルの部屋のようで味気ない。どこかに赤がほしいと思いました。赤は私が大好きな色。私の元気を引き出してくれる色です。部屋のポイントに何か赤い色のものを置こうと探して見つけたのが真っ赤な冷蔵庫でした。ところが私の部屋の冷蔵庫スペースには入りきらない大きさで、仕方なくこれを断念。がっかりしながらもあきらめていた私の目に飛び込んできたのは、モダンな、私のイメージ通りの真っ赤な椅子でした。

見た瞬間に「これ！」と思いました。値段も見ずに購入した椅子は、オットマン付のイタリア製で五〇〇〇ドル。これが大成功で、いま、私の部屋の重要なポイントになっています。

このほかベッド、ナイトテーブル、チェスト、ソファーベッド、ダイニングテーブル、シルバーカラーの冷蔵庫、などなど家具一式を購入しましたが、なにしろ私はまだ仕事を続けていましたので、すぐに帰国しなければなりません。配達先はこのマンションに、連絡先はK子さん宅にし、引き取り一切をK子さんにお願いして、私は日本へ帰ることになりました。

配達時間は厳密に指定できなかったので、K子さんは、何時届くかわからない荷物を、ほぼ一日中私のマンションで待つ、ということをしなければなりませんでした。今思い返しても、頭の下がることです。

その後一カ月も経たない一二月一九日、私はまた一人でシドニーに来ました。今度は自分のマンションで暮らすために、です。家具はすでに前回購入済みでしたが、食器や雑貨その他の小物を揃えなければなりません。翌年の一月九日まで三週間の滞在中、近所のイギリス系デパートに通い詰め、生活に必要な雑貨類から、テラス用の椅子とテーブルのセットなどをすべて買い揃えました。

その後は二月に一カ月間、次女とともにここで暮らし、四月のゴールデンウィーク中は長女と、そして初めて夫がこの部屋を訪れました。

この年、二〇〇〇年は「リタイアメント・ビザ」の取得基準である満五五歳を迎え、同時に会社では勤続二〇周年を迎えて、企業年金の受給資格を取得。すべての条件がまるで追い風のようにタイミングよく整い、私のセカンドライフへの道は開かれていきました。

ゴールデンウィーク明けには一旦帰国し、リタイアメント・ビザの条件を満たすための準備を整え、そして五月二〇日、私は二〇年間勤務した会社を早期退職しました。それから一カ月も経たない六月一二日、いつもの旅行支度と違うのはゴルフバッグくらい、という軽装で、私は家族と暮らす日本の家から、シドニーの自分の家に引越しをしたのです。

シドニー在住三〇年に及ぶ友人・K子さん

私がシドニー暮らしを実現し、現在も不安なく暮らしていられるのは、友人K子さんの惜しみない親切があってのことで、いまも日々お世話になることが多く、とても感謝をしています。

K子さんと私は兵庫県尼崎市の県立高校時代の同級生。当時「食物班」という、一種の家庭科クラブのようなクラブ活動で一緒に活動していた仲間です。K子さんは、成績優秀なクラスメートで、私とは、俗にいう親友グループではなく、中学から続く二つのグループ同士の中の友人でした。今にして思えば、お互いにその頃から海外に興味をもっていたのか、一緒に近所のインド人宅に英会話を習いにいったりしていました。

栄養士の資格を取得したかったK子さんは、その後短大に進学し資格を取得。卒業後は商社に就職しましたが、その休暇を利用して、一九六七年、現在の「青年の船」のような船旅で、初めてオーストラリアを訪れたのです。オーストラリアに日本文化を伝えるのが目的で、一カ月に及ぶホームステイだったそうです。K子さんが見た今から三五年前のオーストラリアは、当時の日本と比べて、生活文化のレベルが大人と子供の違いほどにも感じられたそうです。当時の生活レベル調査では、日本は世界二二位、そのときオーストラリアは四位だったといいます。間近で見たオーストラリアの文化が、若い日のK子さんにとって、大きなカルチャーショックだったことは想像に難くありません。

K子さんはそのオーストラリアでのホームステイを機に、海外旅行に目覚め、その後得意の英語を生かして、当時はまだ珍しかった海外旅行を専門に扱う旅行社に勤務。添乗員、シンガポール駐在員、香港駐在員を経て、一九七〇年に開催された大阪万国博覧会の本部員を経験、その後再度オーストラリアを訪れて、ご主人のアームストロング氏（人類で初めて月面を歩いたアポロ一一号の宇宙飛行士ニール・アームストロング氏の親戚）と知り合ったのです。

私もずっと海外にあこがれ続け、三〇代からは世界を旅してきたので、K子さんの経歴にはまぶしいものを感じます。私がこれまで仕事をし続けてきたように、K子さんも、子育ての期間のみ専業主婦をしたものの、通訳その他、ずっと仕事を続けてきているのです。英語ができたことと、日本企業の景気が上り坂だったという時代の追い風もあったことは確かですが、やはり彼女の仕事への意欲と積極性がなければできなかったことだと思います。もちろん、いまも現役。日本人留学生の受け入れやお世話、また、日本からオーストラリアへの研修旅行の斡旋手続きなどの仕事をしています。

私は、「シドニーで暮らしたい」と、思ったときからすぐに、K子さんに相談をもちかけました。これ以上、最適な相談相手はほかにいません。K子さんはそのときからずっと、言葉で言い表せないほどの親切と行動で、私の大きな力になってくれているのです。

リタイアメント・ビザ取得の先輩、川嶋さんご夫妻

リタイアメント・ビザという種類のビザを申請し、これが取得できたことによって、私は現在オーストラリアで暮らしています。世界五〇カ国以上を旅した後「私が住みたいのはオーストラリアのここ、シドニーだ」という、最終的な決断を下すきっかけとなったのは、やはりシドニーに住んでいる、川嶋さんという日本人ご夫妻の家に、ホームステイをさせていただいたことでした。

川嶋さんご夫妻はご主人の定年退職を待ってリタイアメント・ビザを取得、シドニーに移り住んで、今年で八年目を迎えていらっしゃいます。私がシドニーを

移住の候補地にあげて何度となく訪れ、そのたびに友人K子さんに当地の日本人の方々を紹介していただき、お話をうかがう機会はこれまでにもありました。けれども、その方々はほとんど、商社やメーカーなどの駐在員の奥様方や、あるいはK子さんのように、オーストラリア人と国際結婚されている女性でした。つまり、私と同じようにリタイアによって、生活の拠点を日本からシドニーに移した日本人というと、川嶋さんご夫妻にお会いしたのが初めてだったのです。

ですから、うかがう話の何もかもが当時の私にとっては参考になることばかり。しかも川嶋さんのお宅が実にすばらしいお宅で、その快適さが、私の気持ちを後押ししたといってもよいくらいでした。

川嶋さんは、ご長女が当時シドニーに住んでいらしたため、移り住む何年も前から何度もシドニーを訪れていて、この街の魅力を知り、移住したいと考えるようになったそうです。お住まいのあるところは、とても環境のよい住宅地で、道路も歩道の幅も広々としていながら住宅街の中に一歩入ると交通量が少なく、緑豊富でとても静か。奥様が丹精されている通りに面したガーデンには、いつも花が絶えず、散歩中の人も思わず足を止めてしまうほどの美しさで、建物は六ベッドルームにトイレが五つあり、メインガーデンのほかにゆったりとした中庭とプールがあります。

その快適なお住まいを拝見し、実際に滞在させていただきながら、私はたくさんのお話をうかがいました。シドニーは都市でありながら自然をとても大切にしている街であること。流暢に英語を話せなくても、日常の生活にとくに大きな不自由はないこと。ご夫婦そろって、地域の方々との趣味を楽しんでいること、などなど。ご主人が楽しんでいらっしゃるのは、油絵と「ローンボール」というボールゲーム。チームに日本人はご主人お一人だそうですが、みなさんが親しくしてくれるのでとても楽しく、奥様はパッチワークや社交ダンスを楽しんでいらっしゃるとうかがいました。

川嶋さんご夫妻がおっしゃるには、街を気に入ったとしても、その街の中にもさまざまな地域があるので、それを慎重に検討すべき、とのことでした。そういえば、同じような話はK子さんからも聞いていました。安心して、しかも楽しく暮らすためには、その土地柄をよくリサーチする必要があることを、そのとき改めて認識したのです。

川嶋さんご夫妻や私が取得した「リタイアメント・ビザ」というのは文字通り、すでに退職し、就労する意志のない人が、残りの人生をオーストラリアで楽しみながら暮らすために申請するビザをいいます。このビザは、いわゆる永住権とは異なりますので、一定の条件を満たすことで比較的容易に取得できると思います。

㈱日本ブレーンセンター・オーストラリアによると、私のようにリタイア後にオーストラリアで一人暮らしをする人は、実際にほかにもいるそうで、決して特別なことではないそうです。おそらくこれから先、もっと増えていくことが予想されるとのことでした。

私はできれば将来的には、オーストラリアの永住権を取得したいと考えていますが、こちらはリタイアメント・ビザとは違って、条件は相当に厳しく、取得が難しいもののようです。例えば、資産や健康面のほかにも、会社経営者でなければならないとか、特別技術を持っていなければならない、といった条件がクリアできなければなりません。

しかしオーストラリアは、医療施設や福祉施設なども大変に充実しており、永住権さえあれば、設備の整った快適な老人ホームに入居することもできますし、体が元気なうちは就労することも可能（当然ながら税金は払わなければなりません）です。

何事も最初からあきらめてしまっては、一つも前に進むことはできません。私は、ここシドニーで、リタイア後の新しい人生を歩み始めました。これからは「いつかは……」をあきらめずに夢見ながら、毎日の生活を楽しんでいきたいと思っています。

先進国のなかでもリタイアメント・ビザを発行しているのはオーストラリアだけで、このビザに関心をもっている日本人は少なくないと聞いています。リタイアメント・ビザの取得については、別項でご紹介することにしましょう。

第2章　夢に向かってホップ

未熟児で生まれた病弱な子

一九四五年一月六日、大正四年生まれの父、小倉礼二郎とその一つ年上の母員子《かずこ》の長女として、私は兵庫県の城崎に近い国分というところで生まれました。

福知山線というJR沿線のその町は、当時は自然の宝庫のような場所でした。幾重にも重なる緑濃い山々があり、清らかな水をたたえる川があり、まるで幾何学模様のように畦道が縦横に広がるのどかな田園風景は、いまも私の記憶の中にはっきりと刻まれています。この自然に恵まれて暮らしたわずかな期間の印象は、いつからか私の中で「心のふるさと」として根のように潜在的なものになっていったのだと思います。美しい景色が身近にある暮らし、広々とした場所でののびのびと過ごす毎日……。それはやがて、私が決断した現在の暮らしへの礎となっていたに違いありません。

国分の田舎は母方の実家で、石垣が続く大きな屋敷に、祖母がお手伝いさんとともに暮らしていました。小学校五年生のとき「煙の出る汽車」に乗り、一人で祖母を訪ねて行ったことがあります。母屋と離れの間には蔵がありました。蔵には先祖から伝えられる掛け軸や雛人形を収めた木箱が、ぎっしりと棚に並べられており、その一つ一つの木箱の中の「宝物」が知りたくて、子供心に「ワクワクドキドキ」したのを覚えています。この「ワクワクする」感じ、「ドキドキする」感じが私は今でも大好きです。何か新しいものを発見する、新しいものに出会える、それを喜びと感じる気持ちがあるから、私は今の生活をエンジョイできているのではないかとさえ思えます。

父の職業は運送会社に勤める普通のサラリーマンでしたが、もとは兵庫県養父郡大屋町和田古屋の〝豪族〟小倉家の家系だということです。

母は豊岡高等女学校を卒業後洋裁学校を出て家庭科の師範も持っていました。洋裁だけでなく和裁も編み物も器用にこなす人でした。

父はとても社交ダンスが好きで、私はずいぶん小さな頃から、父にダンスクラブに連れて行ってもらっていました。父のおかげで好きになったダンスは、やがて私の結婚後のマニラでの生活でとても重要な役割を果たすことになったのです。

生まれたときの私は一五〇〇グラムの未熟児で、子供の頃はとても体の弱い子でした。赤ん坊の頃は、冬になると祖母が、私の布団の中の四か所に湯たんぽを入れてくれていたという話を、後に母からよく聞かされました。私が五歳のときに一家は尼崎市に移り、私も地元の小学校に入学しましたが、体育の授業はいつも見学というありさま。六年生のときに生まれつきの持病だったヘルニアの手術を受け、その後しだいに体は元気になっていったのです。

体が弱かったせいか、当時の私はとても消極的でおとなしい子供でした。学校に行くのもあまり好きではなかったため、朝になって「学校に行きたくない」と言ってはよく母を困らせ、なだめられながらの登校もしばしば。父を毎朝迎えに来ていた会社の運転手さんが、私を一緒に乗せて学校まで送り届けてくれたこともありました。

小学校時代はそんなふうでしたから、学校の中でもクラスでも、特に目立たないごく普通の子でした。ささやかに自慢できることと言ったら、低学年の頃の先生に「小倉（私の旧姓）さんは字がきれい」と誉められたことくらい。イヤなことは時間が経つと忘れてしまうものですが、誉められたことはどんなに些細なことでも、一生忘れないものだと思います。だって、それが私の元気の基ですもの……。こうして「書く」ということが好きになったのも、その時の「先生の一言」のお陰だと思うのです。

私に海外への夢を与えた一つのテレビ番組

中学校に入ると体はずいぶん丈夫になりましたが、小学校時代の消極的な性格は変わることなく、あいかわらず目立たない、おとなしい子でした。勉強も、小中高を通じて好きだった国語の「評価５」以外はどれも平均的な成績。その中学の野球部に、当時の南海ホークスの杉浦投手に似た同級生がいて、練習風景を見てはあこがれ、ドキドキしたのを覚えています。手紙を書いたりしましたから、その頃から少しずつ積極性が出てきたのかもしれません。今思えばあれが私の初恋。それを機に、現在の私の積極性と行動力の始まりがようやく見えてきたのです。

そして、この頃に夢中で見ていたあるテレビ番組が、その後の私に大きな影響を与えることになります。

『兼高かおる　世界の旅』。この番組を私は毎週心待ちにし、いつも食い入るように画面を見つめていました。現在のように海外情報番組があふれている時代ではありません。同種の番組はほかにはなく、もちろん、ごく普通の生活をしている人が誰でも気軽に海外旅行をする時代でもありませんでした。

画面を通して初めて知る美しい外国の風景、その国に住む人々とその生活、風習、祭り……。そのどれもが当時の私には興味深く、未知の世界への夢をかきたてるものばかり。品のよい丁寧な言葉遣いと優雅な物腰で世界の国々を紹介する兼高かおるさんへのあこがれもあったと思います。

このテレビ番組は私の心の中にいつまでも残り、やがて海外旅行を、そして海外暮らしを楽しむことになる私の「根」のような存在になりました。

その後私は兵庫県立尼崎北高校に進学しました。気の合う仲間同士でハイキングを楽しむなど、男子生徒と一緒になってよく出かけたのがこの頃。いわばグループ交際といったところですが、頻繁にいろいろなところへ出かけたことは、私の旅行へのあこがれが、しだいに現実化していった第一段階だったように思います。女友達だけのグループで、夏休みには志賀高原などにも遠出しました。そのときの友人たちとは卒業後も現在にいたるまで、とてもよいお付き合いが続いています。

そして、高校時代に出会ったもう一人の私の大切な友人が、第1章でご紹介した、K子さんです。

シドニー暮らしにおいて、あらゆる面で協力してくれた彼女とは、その高校の「食物班」というクラブで知り合い、気がつけば側に彼女がいたという、とても自然な出会いで、週に一回、近所のインド人宅で開かれる英会話教室に一緒に通っていました。とはいえ、特にベタベタするような付き合いはなく、ましてや四〇年近くのちにこのようなお付き合いが再開するとは、当時はお互いに夢にも思っていなかったのです。人との出会い、人との縁とは、じつに不思議なものだと思います。

商社マンの妻になることにあこがれ続けたOL時代

高校卒業後の進路を決めるために友人たちが迷っている頃、私は早くから大学への進学はせず、就職することを決めていました。

しだいに芽生えてきた積極性がこの頃からぐんぐんと勢いを増し、ずっとあこがれ続けてきた海外への夢を現実のものとすべく、私は商社への就職をその近道と考えたのです。商社に入ってどういう仕事をしたい、という具体的な気持ちはまだありません。ただ漠然と、私にとっての「商社」は、私にとっての「海外」と、もっとも近く結びついていたのです。

就職希望先は第一希望から第三希望まですべて「日商」（一九六八年、日商岩井㈱となる）と記入して提出しました。高校時代の優秀だった先輩がすでにそこに就職していたというのがその理由で、「何となく」そこがいいな、と思ったのです。こういうときの「何となく」を感じとることって、とても大切なことなのではないでしょうか。なぜなら、私の場合これまで、その「何となく」感じた方向に進んできたことで、ほとんどよい結果につながってきたと思うからです。

就職は順調に決まりました。商社に就職、といっても今とは時代が違います。入社後すぐに私があこがれたのは、商社でバリバリと働くキャリアウーマンではありませんでした。商社マンの妻になって夫の海外赴任に帯同すること。つまり、社内結婚です。一流商社のエリートは、ずっと海外にあこがれていた私にとってどんな職業にも勝る花形でした。そして、ここでもまた「何となく」私は社内結婚するんだろうな、と思い始めていたのです。


この「想う」ということも、私はとても大事なことだと思っています。「想わない」ことには実現しないから、まず「想う」こと。仕事でも遊びでもこれは同じです。まず「想う」……、想えば想いの方向にドンドン進んでいくのです。

あこがれの日商に入社して、すぐに私が配属になったのは人事部でした。

まだタイムカードのようなもののない時代です。社員の名前が一覧になった大きな出勤簿に、サインのヌケがないかどうかの管理や、休暇届などのチェックをするのが私の仕事でした。女子社員はいつもニコニコして、上司に言われたことをこなしていればよく、仕事は毎日定時に終わりました。そして、仕事が終わった後の時間、お茶、お花、洋裁といったお稽古ごとに毎日のように通ったのです。世間でいうところの、まさに「花嫁修業」でした。

夫との出会い、そして結婚

社内でのクラブ活動では「卓球部」に入りました。特に卓球が好きだったわけではありません。なりゆきの入部です。そのため、今思い出そうとしても、卓球をした記憶はほとんどないのです。当時の何よりの楽しみは、クラブ活動後の「飲み会」でした。

ある日、いつものようにクラブを終えて、みんなでビアガーデンに繰り出しました。私の隣に座ったのは、機械輸出部所属という、真面目でおとなしい感じの若い男子社員でした。入社は一年先輩。大阪外語大学スペイン語科を出たという私より五歳年上の彼は、大勢の中でもはしゃぎすぎることなく誠実温厚で、私はすぐに好ましいと感じました。総務部や人事部所属ではなく、機械輸出部所属です。間違いなく海外勤務があるはずです。のちに私の夫となるその人は、まさに私が「想い」描いた通りに現れたのです。

私たちはそれからすぐに交際を始めました。付き合い始めて間もない頃から、私はその人との結婚を意識していました。しかし、一年経っても、二年経っても、彼はプロポーズしてきません。もどかしいような気持ちのまま四年半ほど過ぎた頃だったでしょうか、やがてお互い自然に、結婚式の日取りなどが会話に出るようになり、いつのまにか結婚が決まったのです。結局最後まで、彼からの正式なプロポーズの言葉は聞けませんでした。

結婚式は一九六八年五月一一日。「太閤園」という式場で、ずっと私が「結婚式は太閤園でしたい」とあこがれていた結婚式場でした。当時は寿退社が女子社員のゴールと思われていましたし、同期入社の友人たちもすでに三人は結婚していました。文金高島田の花嫁姿の自分を鏡で見たとき「ああ、やっと私も」という気持ちで、やがては母となり「家庭」というものを作っていくのだなー、と安心したことを覚えています。

和服の花嫁衣装からウェディングドレスに着替えての披露宴では、友人の一人がスピーチのなかで「朝子さんは朝顔のような……」という表現をしてくれました。これは私にとって非常に印象的な言葉でした。実は、のちに知り合うことができた作家の藤本義一氏から贈られた著書『人生の賞味期限』に、藤本氏が「朝顔の微笑　永田朝子様」とサインをしてくださったのです。「朝顔のような朝子さん」は、今では私の大のお気に入りの言葉になりました。

結婚式の当日のことは細部まで覚えているわけではないのですが、ずっと結婚にあこがれていた私にとって、まさに「佳き日」という思いが強かったのを覚えています。自分では当時「永すぎた春」だと真剣に思っていたので、正直言ってやれやれ、というホッとしたような気持ちでもありました。その頃は結婚とは「最終就職」と思っていましたし、三人姉妹でしたから、長女の私が結婚したことで両親も「これでやっと世間並み」とホッしたことでしょう。

現在のシドニー暮らしはもちろんですが、これまでに私が経てきた暮らしのなかで、この結婚後しばらくの間が最も、本当にささやかな普通の暮らしだったと思います。

新居は私の実家に近い、大阪の豊中市でした。今も変わっていないと思いますが、当時、商社では海外赴任が決まると、その人の持ち家は社宅として賃貸されるケースが多かったのです。私たちが入居した家も、そうした海外赴任中の方の家でした。一階が六畳の和室とキッチン、二階に六畳と四・五畳の和室があり、少し広めのベランダがあるその家は、新婚の二人が暮らすにはちょうどよい広さでした。

私は結婚したらすぐに子供が欲しいと思っていました。しかし結婚して半年経っても子供ができませんでしたので、しばらく様子を見てからなどとは思わずに、迷わずすぐに婦人科に行き、ホルモン注射をしてもらいました。そして、その後まもなく長女を授かったのです。つわりは重い方でしたが、出産は心配をよそに、あっという間の安産でした。翌年には次女も生まれ、それからしばらくは、子育てしていることが最高に幸福、と感じていたのです。

「専業主婦」になるということ

結婚し、新しい生活をスタートさせたときから、いえ、結婚にあこがれ始めたときから、当然のごとく私は仕事を辞めて家庭に入るのだと思っていました。そしてそのことについては、家族や友人など周囲の人々も、そしてもちろん私自身も、まったく疑問に思うことはありませんでした。夫と自分との二人だけの生活のなかで、夫のために料理をし、洗濯をし、掃除をするということは、当初は実際に私のよろこびでもあったのです。

今となってみれば、家事にあまり向いていない自分を、確かに認めざるを得ません。しかし、当時を振り返ってみると、「専業主婦」を望んでいる自分が、まさか家事に向いていない、などとは思いませんから、それこそ何をするにも必死で頑張っていました。当然ながら手を抜くこともせず、ただひたすら、よき妻であろうとしていたのです。

夫の朝食を用意し、会社に送り出し、洗濯、そして掃除。夕食のメニューを考えて買い物に出かけ、夕食を作って夫の帰りを待つ……。来る日も来る日も、その繰り返しでした。たまに友人と会うことがあっても、ほとんど外の社会に参加しない毎日は、無意識のうちにも自分の中にストレスを与えていたのではないかと思います。

しかも主婦の仕事は、真剣に取り組めば取り組むほど、ボーッとしている暇もないほど忙しいものです。次から次へとやりたいことがでてきて、それを自分で納得するまで手を掛けようとすると、端が思うほどラクではないこともよくわかりました。

「主婦の仕事って、本気になってやってみるとすごく大変なのね」

「これじゃ、外で働いているほうがずっとラクよ」

などと、友人と冗談交じりに話したこともありました。

そんなときでも、「専業主婦」は自分が選んだ道であり、平和な良い家庭を作るために家事に励むのが自分の務めだと、私は固く信じていたのです。それが永田朝子にとって向いているのか向いていないのか、ということなど、まったく考えてみることもなく……。

そうして、また、家事にいそしむ毎日が繰り返されていきました。無意識のうちに、私の中に蓄積しはじめていった「主婦業だけ」をしていることに対するストレスは、自分でも意識しないうちに、大きく大きくなっていったのだと思います。そしてやがて、はっきりと、家事と育児にあけくれるだけでなく、何かがしたい、と自分の中で意識するようになっていったのでした。

子育てに感じる幸福

「このままテレビを見ながら、帰りの遅い夫を待つだけの生活を続けていていいのかしら……」

そんな疑問をもっていたとはいえ、仕事をもたずに主婦として二人の子供の育児ができたことは、今考えても、私にとってはとても幸福なことでした。

当然のことだと思いますが、家事と育児はまったくジャンルの違う仕事です。

私はずっと、結婚したら子供はすぐに欲しいと思っていましたから、結婚当初の家事だけの生活のなかに、子供たちの世話をし、しつけをしていく日常が加わることは、長く待ち望んでいたことでもありました。

子供は、特に小さいうちは、しっかりと親が子供に相対して過ごしていると、毎日のようにさまざまな発見があります。新しいことを覚えていく早さに驚いたり、ふとしたときに興味を示す対象が、大人には想像もできないようなものだったり……。そうしたごくごく細かなことなどは、親が時間的にも余裕があり、ゆったりとした気持ちで子供と接していないかぎり、毎日のように見つけることはなかなか難しいのではないかと思います。

時間的にも、気持ちの上でも、そうした余裕をもつことができたのは、当然ながら、仕事をしていなかったからにほかなりません。

子育ての期間中、親が仕事をもつことについては、みなさん賛否両論、それぞれにご意見はあると思います。そして、それぞれに考え方が異なっていてよいのではないかとも思います。私個人は、後には外でアクティブに仕事をすることを望みましたが、結果として思うことは、子供が小さいうちは専業主婦でよかった、ということです。

育児は決してラクなものではありません。炊事・洗濯・掃除という決まり切った家事をして、ただひたすらに夫の帰りを待つ暮らしは、私に多くの疑問を投げかけてきましたが、その期間に費やした育児の時間だけは、きわめて充実したものので、私にこのうえもない幸福をもたらしてくれたのです。そして、その幸福感の中で、家庭が平和であるという喜びも感じていました。

自分に主婦は向かないのではないか、とやがて思い始めた私が、唯一、この子育ての時期に感じていた専業主婦としての幸福感は、何年も経た今も、決して忘れることはありません。

現在は成長した二人の娘と、恋愛や結婚について語り合う機会も多くなりました。そして、私がそのまま専業主婦という肩書きにとどまらず、やがて、私にとっての天職ともいえる職業をもったことについては、二人とも深い理解を示してくれているのです。

洋裁という趣味を家事の楽しみに

花嫁修業のつもりで習っていた洋裁は、結婚後、私の専業主婦としての暮らしのなかで大いに役に立ち、また、大きななぐさめとなりました。

洋裁はいわゆる習い事の域を超えて、かなり本格的に勉強しましたので、作りたいと思うものは、ほとんど何でも自分で作ることができたのです。小柄な私の躰にぴったりと合うように、きちっと採寸して作る手作り服は、既製服と違いとても快適。手作りの時間に加えて、デザインを考えることもまた、私にとっては楽しい時間でした。

スタイルブックを見ては流行をキャッチし、それを自分らしくアレンジしたり、さまざまな工夫を凝らしたり。次々にアイデアが浮かんでくると、私は夢中になってデザインし、イメージに合う生地を探して仕立てました。その出来映えは、人からの評判もよく、その結果、やがてご近所の方にまで洋裁をお教えすることにもなったのです。

特に子供の服などは現在と違って、当時はまだそれほどに既成の子供服が充実していませんでした。そのため、二人の娘たちにかわいい服を着せたいという思いは、自分で手作りすることで、ようやく満足でき、しかも親子お揃いの服で外出する楽しみまで、味わうことができたのです。

この洋裁という趣味をもっていたか、いなかったかは、その頃の私にとって、毎日の時間の使い方を大きく左右するものだったと思います。食事の用意や後かたづけ、洗濯にアイロンかけといった家事を、ただ習慣としてしていたころに、趣味と実益を兼ねた時間をもたらしてくれた洋裁は、私の心にうるおいを与えてくれました。洋裁に没頭していると、いつの間にか時間が経つのも忘れるほどだったのです。

このような、自分が幸福だと感じることができる時間作りというのは、専業主婦にとっては、とても大切なことではないかと思います。家事そのものが楽しいと思える人は、炊事なり、掃除なりを工夫して楽しんですることができれば、それはそれで素晴らしいことでしょう。けれども私のように、それよりももっと楽しいことを……、と思う人にとって、何か一つでも「趣味」をもつ、ということは大事なことだと思います。

こんなふうにして、自分の日常を少しでも快適に、少しでも自分が心地よいと感じるようにしていくことで、私は専業主婦として過ごした時期を、なんとか乗り越えていくことができました。テレビを見ながら、ただ時間を過ごしているよりは、はるかに有意義に過ごせたのではないかと思っています。

時代が変わってきた

結婚にあこがれていた独身時代から、

「結婚後は家庭を守ることに専念したい」

「もう二度と外で働くことはないだろう」

と思っていた私が、やがて専業主婦であり続けることに疑問を持ち始めたのは、今にして思えば、それほど唐突なことではなかったような気もします。

私は、人と会って話をすることが好き、お洒落をして外出するのも好き、今まで自分が知らなかったことを知ったり、何か新しいことを学ぶのも大好きです。しかも、掃除や料理は得意とはいえませんでしたから、その頃自分がしていた毎日の行動を思えば、「このままでよいのかしら」という疑問が出てくるのは、むしろ、当然だったともいえます。

主婦として家にこもっていると、人に会う機会も少なく、お洒落をして出かけることもだんだん少なくなってきます。家事だけをしていることに疑問を持つと同時に、さらに重ねてストレスがたまっていったこともまた、事実だったと思うのです。

「家事分担」などという言葉をよく耳にするようになった最近は、結婚をしても二人で働き、家事は男女の別なく平等に分担して行う、というご夫婦も多いようです。奥さんが颯爽とスーツを着こなしてイキイキと外で働き、ご主人が出勤前にゴミ出しをしている光景も、最近では、決して珍しいことではなくなってきました。そんな若いカップルを見ると、とてもほほえましく感じます。

けれども、ほんの少し前の時代までは、結婚をしたら、妻は家庭に入って家事と子育てに専念し、夫は家のことはすべて妻に任せて外で働く、というのがよく見られた傾向だったように思います。共働きをされていたご夫婦でも、奥さんは働きながら、ご主人の協力なしに一人で家事もこなしているケースが多かったかもしれません。

現在のわが家では、家族全員で家事を行うようになり、当然ながら夫も協力してくれています。けれども私の結婚当初は、商社マンの夫は完全な仕事人間でしたし、時代も三〇年も前のことですので「家事分担」などという言葉を聞くことはありませんでした。

現在、専業主婦をしている知人の中には、本当に家事が好きで、炊事・洗濯・掃除をただこなすだけでなく、それぞれ創意工夫して毎日を楽しんでいる人もいますし、また、家事のあいまにカルチャースクールに通うなどして趣味を楽しんだり、自己の能力を高めたりしている人もいます。専業主婦だからといって、テレビを見てばかりいるとは限りません。

家事には人それぞれに向き不向きがあり、私の場合は、どうやら主婦業には向いていなかった、ということなのだと思います。これは今にして言えることですが、実際に私が、ある期間は専業主婦を経験し、また、子供が幼い頃は育児に充足感を覚えた上での感想なのです。

疑問を疑問のままで終わらせない

なんでもそうかもしれませんが、何かの物事を判断しなければならない場合、実際にそのことを経験している、ということはとても大切なことだと思います。専業主婦を実際に経験したからこそ、やがて、これは自分に合わないのではないか、という判断ができたと思うのです。

そして、さらに何年か後に再び働き始め、それがまさに天職とも思える仕事であったとき、私の中に「外に出たい」という思いがあることを、はっきりと認識することになります。主婦業だけの生活に疑問を抱くようになってから、はっきりと結論するまでに、ずいぶん長い時間をかけたように思いますが、私はそれがかえってよかった、と思っています。

かつて廊下を磨きながら、心の中で疑問をつぶやいた日は、ついこの間だったような気もします。疑問を疑問のままで終わらせていたら、私はストレスを抱えたまま主婦業を続けていたかもしれません。けれども私は、すぐに行動を起こすことはありませんでしたが、疑問をもつと同時にそこから飛び出したい気持ちを、ずっともち続けていました。

そのときはまだ、将来、自分が外に出て仕事をするということなど、まったく予想もできなかったことですが、上昇志向と行動力を常に持ち続けていたことが、結果として自分の人生を大きく動かしたと思っています。疑問をもったとしても、まあいいか、主婦ってこんなものかな、と過ごしてきてしまえば、それまでだったかもしれません。

性格の問題もあるでしょうから、一概に語ることはできませんが、このままでよいのかという疑問をもち、やがて社会に参加したいと思い続けた気持ちは、その後少なくともプラス方向に働いたのです。

こんなふうにして過ごしていたある日のこと、主人にマニラ転勤の辞令が下りました。結婚七年目のことです。

主人が海外勤務となることはずっと私の願いでしたから、この話を私は大変うれしく思いました。マニラに移るための準備は、想像以上に大がかりなものになりました。ホームパーティーに備えた数多くの食器類、およばれのパーティーに備えた主人の洋服や私のロングドレス、バッグ、靴、さらにはマニラでも洋裁ができるようにと、針やしつけ糸までを含む洋裁の道具一式、すべて合計すると一〇〇万円ほどの買い物です。英会話教室にも通いました。そして主人は一足先にマニラへ。私と、当時三歳と五歳だった娘たちが主人の待つマニラに向かったのはそれから八カ月後のことでした。準備期間を含め、このとき私は「今の人生は最高」と思っていたのです。

第3章　マニラで開花した私の個性

マニラの家

私にとって初めての飛行機、そして初めての外国……。夫が赴任して八カ月後、どんな生活が待っているのか、どんな新しいことにめぐり会えるのか、ワクワクドキドキしながら、私と二人の娘はようやく、亜熱帯特有の蒸し暑さを放つ、フィリピンはマニラの地を踏んだのです。

私たちに用意されていた家は、マニラ中心地にほど近い、マカティという近代都市にありました。

マカティの中には六つのヴィレッジという区画があり、私たち日本人ほか外国人が安心して生活できるように、周囲の環境からはしっかりと保護されていました。それぞれががっしりとした塀で囲まれ、入り口には門番が立って人や車の出入りをチェックするという、徹底したガードです。それぞれのヴィレッジにはいわば格のようなものがありました。支店長クラスの方の家が集まるヴィレッジ、一般の方の家が集まるヴィレッジ、といったように組織の中でのクラスごとの集合ができていたのです。

家は敷地が二〇〇坪ほどある広々とした一戸建てでした。夫婦用、子供用、ゲスト用の各寝室がある、いわゆる三ベッドルーム。床には大理石を敷き詰めた広いリビングルームがあり、そのリビングの広さだけでも、なんと日本の2DKがそのまますっぽりと入ってしまうくらいのスペースでした。

当時三歳と五歳だった子供たちは、家に慣れるとすぐに、そのリビングルームのなかを、ぐるぐると三輪車で走り回っていたほどです。キッチンの奥にはメイド用の部屋があり、料理担当のメイドと掃除洗濯担当のメイドの二人が、常時住み込みで働いており、さらにはファミリードライバーが一人、住み込みではありませんが、毎日通いで来ていました。

広い庭には、バナナやパパイア、ヤシの木などが植えられていて、まさに南国ムードがいっぱい。

私たち家族四人は、五年間のマニラでの生活を、この南国ムードいっぱいの家で毎日楽しく過ごしたのです。

メイドとドライバーのいる暮らし

マニラに到着した翌朝、目覚めると、家の中にはもうコーヒーの香りが漂っていました。料理担当のメイドが、私たちが目覚める時間に合わせて、朝食の支度を整えていたのです。料理担当というメイドがいるのですから、考えてみれば当然のことなのですが、私はその光景を見て驚きました。コーヒー、トースト、サラダ、卵料理という、まるでホテルのモーニングメニューのような朝食が、丁寧にセッティングされていたのです。

「すごいわ、まるで夢のよう！」

もちろん、日本でお手伝いさんのいる暮らしなど、これまでに経験したこともありません。世の中にはこんな生活があったんだな……、と思いました。

フィリピンのマニラというと、貧富の差が激しいためにどうしてもスラム街がクローズアップされることが多く、それがマニラの象徴のように思われているところがあります。実際に家もなく、路上でものを売る子供たちを町なかではたくさん見かけます。いわゆるストリート・チルドレンです。信号で車が止まるたびに、車の周りに駆け寄ってきて、ささやかな花束や一本のタバコを売りにきたり、お金を乞うために手を伸ばしてくる子供もたくさんいます。

そうした貧しい生活層とは社会を隔て、マニラに暮らす中流以上のフィリピン人家庭のレベルに合わせて暮らすのが、商社やメーカーなどからマニラに駐在している私たちのような外国人家族でした。わが家だけが特別なのではなく、メイドやドライバーといった使用人を置くことは、マニラに駐在する家族たちにとっては、ごくごく当たり前のことだったのです。

こうした生活に慣れてくると、料理、掃除洗濯といった家事一切はまったくする必要がなく、マニラで暮らしていた五年の間、私はハンカチ一枚洗濯したことはありませんでした。同じように駐在している奥様方のなかには、部分的にでも自分でしないと気が済まない、という方や、下着を人に触られたくない、と思われる方も多かったようですが、私はそういうことは一向に気にならないほうなので、すべてを任せることにしたのです。根本的に人に何かしてもらうのがいやではない性格の私にとって、指示通りに動いてくれるメイドがいるマニラでの生活は、本当にぴったりだったと思います。

私たち家族とメイドとの信頼関係

フィリピンは亜熱帯で一年中暑い国ですから、一日の行動も時間帯を考えるようになります。買い物なども最も暑い時間帯を避けて、早朝五時頃に市場に出かけることがよくありました。もっとも、買い物に出かけるときには、ドライバーのルーベンが運転してくれましたし、必ず料理担当のメイド、ビッキーが荷物持ちについてきてくれるので、買い物を苦痛に感じることもありませんでした。

五年の滞在中にメイドは何人か入れ替わりましたが、私たちが日本に帰る頃にいた料理担当のビッキーと掃除洗濯担当のベティは、ともに気だてのよい子で、よく仕事をしてくれました。彼女たちの給料は日本円にして一カ月約一万円くらい。そのお給料の多くを、マニラから一日かけなければ行けないほど遠い、貧しい農村部に住む両親に送金していたようです。

フィリピンでは中流以上の家では必ずメイドをおいています。特別なお金持ちの家だから、ということはありません。娘さんがOLをしているようなお宅でも、必ず一人か二人のメイドはいました。しかし、駐在員家族間の会話では、メイドに買い物のお使いを頼んだら、お釣りをごまかされたとか、冷蔵庫の卵を盗まれた、といったような話をたびたび聞くことがありました。お釣りをごまかすとは、たとえばこういうことです。

五〇ペソのお金をメイドに渡してお使いを頼んだとします。お使いから戻ったメイドが四八ペソの領収書と二ペソのお釣りを返してきたとすれば、単純に考えれば、計算は合っています。ところが、買い物に行った先の店員とメイドとの間でやりとりがあり、実際は二〇ペソしかかかっていないのに四八ペソの領収書を切ってもらい、差額の二八ペソを店員とメイドとで半分に分け、一人一四ペソがポケットに入る、という仕組みがあるのだそうです。

また、卵を盗まれたというある家庭では、今後そのようなことがないように、卵に番号を書いて、冷蔵庫に入れているという話も聞きました。このほか、メイドにこっそりジュースを飲まれないように冷蔵庫に鍵をかける家や、貴重品を盗まれないように、主寝室には常に鍵をかけているという家もあったようです。

そうした話は、駐在員の奥様方との会話には日常的に出てきました。しかし、一緒に生活していながらそんなことをしていては、メイドたちだって気分がいいはずはありません。自分たちが信用されていないと思えば不愉快にもなり、いつもはその気がなくても、ある日そういう行為をしてしまうかもしれないのです。

私は、わが家にいる二人のメイドやドライバーを常に信用し、仕事も任せるようにしていました。もしも卵を盗まれていたとしても、べつに卵くらいいいじゃないの、という考えです。いちいちメイドを叱って、無駄に時間を使って、自由になった自分の時間を減らしたくない……。卵くらいだからそんな悠長なことを言っていられるんだ、と思われるかもしれませんが、たとえ宝石をごっそり持ち逃げされたという場合でも、そういうものを目に付くところに置いておく方がいけないと思うのです。もっともわが家には、そうしたことを心配するほどのお金も宝石もありませんでしたが。

和食上手・育児上手だったわが家のメイド

メイドたちを徹底して信用したことで、わが家では、私たち家族とメイドたちとの関係はいつも良好でした。こちらがちゃんと相手のことを信用すれば、それは必ずや相手にも通じて、誠心誠意、真面目に丁寧な仕事をしてくれるのです。

私は家事一切をメイドに任せることにしました。料理担当のメイドは、これまでに何家族もの日本人家庭にいたこともあって、天ぷらも煮物も、果てはバラ寿司にいたるまで、和食を作るのがとても上手でした。

マニラ滞在二年目に受けた健康診断で、私に子宮筋腫があることがわかりました。もちろん近代的で信用のある大病院での検診です。駐在員家族の中には、病気になるとフィリピンでは不安だからといって、そのために日本に帰る人もいましたが、私はまったく不安は感じませんでしたし、いちいち日本に帰るのもめんどうなので、その病院で手術をし、一〇日間ほど入院をしました。

病院は個室に入れたので気兼ねもなく、ナースたちは気を紛らすためにおしゃべりに付き合ってくれるので、私にとってはとても快適な入院生活でした。ところがなんと、手術後初めての食事が「チキンカレー」だったのです。さすがにこれには参ってしまいましたが、ちょうどそこにわが家のメイドが梅干し入りのおにぎりを作って届けにきてくれたのです。このときは感動しました。病院食のカレーは、お見舞いに来てくれた友人が、私の代わりに食べてくれました。

メイドはまた、育児もよくしてくれました。私の入院期間はもちろんですが、マニラでは頻繁にパーティーが行われていたので、夕食後に夫婦で外出するのは珍しいことではありません。そんなときも、娘たちはメイドによくなついていたので、おとなしく留守番をしてくれていました。娘たちは、夕食の後はメイドを相手に遊び、私たち夫婦が夜遅く帰宅すると、ちゃんとベッドで眠っているのです。

育児の多くを、メイドを信頼して委ねることで、娘二人の親離れも比較的早かったと、私は思っています。雇う側の私たちがこだわりをもたないことで、すべてはうまくいっていたのです。

もちろん、メイドに恵まれたということも幸せでした。わが家にいたメイドたちはみんないい娘でしたが、駐在の最後のときにいたビッキーというメイドは、私たちが帰国するとき空港まで見送りに来てくれて、泣きながらフィリピンの歌が入ったレコードを私たちにプレゼントしてくれました。私も家族もみな胸がいっぱいになったことを憶えています。

いずれにしてもマニラでのメイドのいる生活は、家事も育児もしなくていい、自分だけのためにほとんどの時間を費やすことができる、私にとってはまさに「パラダイス」といっていいものでした。

会社の看板を背負った駐在員家族

私がマニラに到着して翌日からすぐにしたことは、日本からたくさん送っておいた新巻鮭を持って、各駐在員家庭に挨拶回りをすることでした。

マニラでは、お米はカリフォルニアライスに限られてしまいますが、日本の食材はほぼ三倍の料金を出せば、ほとんどのものは手に入れることができます。シーフードもおいしいところで、ロブスターや蟹が、日本では考えられないほどの料金で手に入りました。メイドのビッキーは和食をはじめ中華料理もステーキも上手に作りましたが、なかでも得意だったフィリピン料理の「シニガン」（野菜と小エビを入れて酢で味付けしたスープ）や「パンシット」（ニンニク、タマネギ、エビ、豚肉などと麺を調理したもの）は、今も懐かしく思い出されます。

物価が安いマニラでしたが、電気代だけはとても高かったのが印象に残っています。マニラ駐在が決まったときに、洋裁好きな私が当時のお金で一〇万円分ほど用意した洋裁道具でしたが、なにしろ暑いマニラのことです。家の中に閉じこもって洋裁をしていると、洋服代よりもクーラー代のほうがずっと高くついてしまうほどだったのです。しかも、外は明るい日差しが照りつけていて、

「これじゃ、家に閉じこもっているほうがおかしい」

という考え方に、私自身が変わっていきました。人件費も安いマニラでは、私や子供たちのワンピースから、パーティー用のドレスまで、店に頼んで作ってもらうほうが、はるかに安上がりなのです。しかもそれで空いた時間は、私にとっ

て自由に使える時間となったのです。

洋裁をしないことで時間を自由に使えるようになった私は、月曜、水曜、金曜はアメリカ人の先生について英会話を習ったり、ゴルフや水泳、旅行などを楽しむようになりました。そのなかでもゴルフは、商社やメーカーの駐在員夫人たちとのお付き合いには欠かせないものでした。私はよくそうしたお付き合いに参加しましたが、駐在員の奥様方はご自分たちが自己紹介する場合は決まって、ご自分の姓の前にご主人の会社名を言うのが慣例となっていました。たとえば、「○○商事の○○です」といった具合。ですから私も「日商岩井の永田です、どうぞ

わが家でのパーティー

よろしく」とあいさつする習慣になっていました。

今にして思えばおかしなものです。自分自身はその会社の社員でもないのに、あたかも会社の人間であるようなその言い回し……。けれども、駐在員というのは多かれ少なかれ、当地にあっては家族揃ってその会社の看板を背負っているような意識がはっきりとあったように思います。

このほか、日本から来た夫の取引先の社長夫妻を接待する場合は、こちらも決まって夫婦でしなければなりませんでした。そんなおりにふれて印象的だったのが、自分で企業を興したいわゆるオーナー社長たちの話です。彼らは、努力の積み重ねのうちに最終的に仕事を成功させ、それによって自信をつけ、さらにステップアップして、また成功し、より自信をつけていく……そういう迫力というものを身につけていたのです。そうした方々との交流は、私にとってはたいへんに面白く興味深いものでした。

結婚と同時に仕事を辞め、家庭に入った私は、男の人が働く社会ってなんておもしろいんだろう、仕事の話をしている男の人って、なんて生き生きしているんだろう。男の人ってすばらしいな、と思いました。男の人だけがこんなに生き甲斐のある仕事をしているのに、女の人は家でお皿洗いなんて、なんて不公平なんだろう……。その頃から私は、しだいに主婦の立場や仕事についてそんなふうに思い始めていたのです。

日本にいてずっと主婦業だけをしていたなら、おそらく最後までわからなかったであろうことを、夫の仕事を通じて知ることになり、私はひそかにカルチャーショックを受けていました。そして、今はメイドのいる暮らしができていいけれど、日本に帰ったらそうはいかない……。そう思うと日本に帰ることになるのが、とても憂鬱になったことを思い出します。

マニラ時代に最も影響を受けた一人の女性

フィリピンの中流以上の家庭にメイドがいるという話は先に述べました。育児ももちろんメイドがしますから、その家の主婦は早くに子育てから解放されることになり、やがて外に出て仕事をするようになります。いわゆるミセスのキャリアウーマンがフィリピンにはたくさんいるわけです。

前述のように夫の仕事の接待を妻として手伝いながら、男性社会の仕事の様子を知り、さらには外に出てバリバリと働くフィリピンのキャリアウーマンを何人も知り、私は非常に大きな刺激を受けました。とはいえ、とりあえず今は夫の仕事を支えなければなりません。しかし、すぐに働くことはできないけれど、日本に帰ったらいつか働いてみたい、そんな気持ちがいつのまにか私の心の中に芽生え始めていたことは確かでした。もちろんそのときは、そんな自分の気持ちの変化に気づくことはありませんでしたが……。

商社マンの妻という立場で仕事をせずにいた私が、自由に使える時間に費やしたことの一つは、先にも述べた英会話の勉強でした。英会話学校は、最初は駐在員夫人たちの勉強会のようなところに行ったのですが、その後中国人やペルー人、プエルトリコ人などが通う学校に変わりました。

その学校で、私はフィリピン滞在中、もっとも影響を受けた一人の女性と知り合いました。その人は、私と同年輩のプエルトリコ人女性で、名前はカーメンさんといいました。

彼女とは、おしゃべりをしていてとても気が合うことがわかり、お互いの家をしょっちゅう行ったり来たりするほど親しくなっていきました。そしていろいろなことを話していくうちに、彼女の考え方というものに、私はとても惹かれていったのです。

私の夫は朝は九時には会社に行って、一旦ランチをとるために昼には家に戻り、再び二時頃に会社に出かけると、毎日夜遅くまで仕事をしていました。いつもいつも忙しく、あるとき、休暇を利用して旅行する予定が、夫が忙しいためになかなか旅行の手配をしてもらえないことがあったのです。ある日私はカーメンさんにそのことを話してみました。

「そんなこと、あなたがやればいいのよ。旅行の手配は夫の仕事と決まっているわけじゃないんだから、できる人がやればいいだけのこと。あなた、時間があるんだからできるじゃない」

「あ、そうか。いつも夫を当てにしていたけれど、私ができることは私がすればいいのよね」

彼女の考え方に共感を覚えながら、私は目が覚めるような思いを感じました。どんなことでもこだわりを捨てることが大切。割り切るという考え方も大事だということなのです。例えば日本で暮らしていて、私が仕事を持っていたとする場合、夫と自分だけでなく、さまざまな「しがらみ」というものがあって、女性はつい無理をしがちになることが多いものです。仕事をして疲れていても、帰りに買い物をし、夕食を作って後かたづけし、朝は出勤前に洗濯やら掃除をする……、そういうことになると、これはどうしても無理があります。

「そんなに縛られる必要はないんじゃないの。できないことはできる人がやればいいだけのことよ」

それを聞いて、私は胸のつかえがすーっと下りていくような気がしました。そうなんだ、やれる人がやればいいんじゃない。なにも一人で髪振り乱して、頑張り過ぎることもないんだ……。やがてその考え方は、現在の私の考え方の基本をなすものとなったのです。

もちろんその後、セブ島への家族旅行の手配はすべて私が行い、無事楽しい旅行をすることができました。

本来の自分を発見したマニラの五年間

マニラ駐在の五年間は、私にとって何にも代え難い、とても有意義な五年間でした。世の中にこんな生活があるのかと思うような、まさにパラダイスといっていいほどの、メイドのいる生活を体験し、生活をエンジョイする方法を知り、行動力が身につき、本来の自分を発見できたのは、すべてマニラだったといって間違いありません。

自分にとって最も大きな発見だったのは、「物怖じしない自分」というものを自覚したことではないかと思います。まず自分が指示をしたことに対し、忠実に行動してくれるメイドのいる暮らしを体験したことで、自分に自信がついたような気がするのです。しかも、当然ながらマニラは、私たち日本人にとっては外国ですから、周囲は外国人ばかり。日本にいれば、外国人を見ただけで目をそらしてしまうようなことは比較的ありがちですが、いったん外国に住めばそんなことは言っていられません。

私はマニラの英会話学校へは行きましたが、それほど特別上手に英語が話せるようになったわけでもありませんでした。でも英語が上手に話せないからと言って、いつも引っ込み思案でいては、何をすることもできません。しかも私の場合は、夫とともにパーティーに出席することも多く、英語を一言も発しないわけにはいかなかったのです。

幸いにも、私はパーティーは大好きでした。多分、人が好きなのだと思います。しかも、来客はみなさんお洒落していて華やかでしたし、スポットライトが当たるような場所にいることが私には心地よかったのです。

外国人が多く集まるパーティーの席では、「ごきげんいかが?」「いつマニラに来たの?」「どちらのお国から?」「子供さんは?」「あなたはどう?」最低これだけ話せればもう大丈夫。十分に楽しんで時間が経つのを忘れるほどでした。私にとってパーティーは、外国人と会話ができる機会であり、楽しいと感じるものでした。英語云々の問題ではありません。妙にもったいぶったりしないストレートな会話ができれば十分に楽しめるものなのです。

日本人特有の遠回しな表現や、本音と建て前の会話は、私は今でもどうも苦手なのです。日本人的なそういう表現は、普通は奥ゆかしいと感じるものなのでしょうけれど、私にとってはうっとうしくさえ思えるのです。

「日本人的な感覚のそういう遠回しな物言いの文化は、私には合わない」

そんなことを、かなり早いうちに悟ることになりました。

思っていることははっきりと口に出して言わなければ、そう簡単には相手にわからないし、伝わらない。そう確信している私は、現在シドニー暮らしをするうえでも、ロレッタやジェニーという友達とのお付き合いが、とても気持ちよく快適に感じられるのです。

自分の積極性を楽しんだマニラの暮らし

もともと私は、すべてにおいて早め早めに行動することが好きです。これは長年仕事をもっていたおかげだと思うのですが、何でもパーフェクトに［準備］

［段取り］［計画］といったことをしないと自信がもてないのです。もっとも一旦決めてしまえば迷いはないし、ケセラセラという気持ちでゆったりと構えてしまいます。「いつでもよいなら、『今』しましょう！」の精神なのです。時を延ばさない、チャンスは決して逃さない、「人生、今」が信条なのです。すべては「今」の積み重ねからだと、いつも私は思うのです。

そんなふうに何をするにもパッと行動する方でしたから、先の旅行手配のように、いざ自分が手配をしなければならないとなれば、躊躇することなくさっさと交渉に出かけました。たとえ、旅行会社のカウンター担当者であっても、英語を介して相手とコミュニケーションがとれるということは、私にとって大きな喜びでもあったのです。

英語の得意な夫にすべてを頼り、いつまでもあのまま、何もかもしてもらっていたとしたら、そんな喜びがあるなどということは、おそらく気づくことはなかったことでしょう。結婚前までの私は、そういうことはすべて男の人がするもの、とずっと思い込んでいたのです。結婚したらもう仕事はしないと決め、厚生年金からも脱退して、商社マンの妻として一生専業主婦をするつもりになっていたのです。

しかし、私のなかにある積極性は、夫のマニラ駐在に伴った五年の間に、ますます表面に出るようになりました。なにか面白そうなイベントがあると聞けば、どんどん参加し、お祭りがあると聞けばそこにも出かけていき、出会った人たちにも積極的に声をかけて会話を楽しみました。

なかでも、パーティー会場はハイレベルの方々と知り合う絶好のチャンスでしたから、そんなときこそ自分からどんどん話しかけていくのです。相手が話しかけてくれるのを待っていたのでは、会話が成立するのはいつのことやら。待っているうちに日が暮れて、一生が終わってしまうのです。

私はよく言えば向上心がある性格なので、自分が知らないことを知っている人や知識が豊富な人と会話をすることが大好きです。そういう人たちからそれぞれの良いところを吸収するのが得意なのかもしれません。そういう意味では知的な人との会話は、どんな内容であってもなにもかもが興味深いことばかりです。

たとえ相手が初対面の方であっても、その人のことを魅力的と感じれば、私はその人の話を聞きます。そして、それによって自分が知らなかった世界を知ることができたなら、それは私にとってはこのうえもない喜びです。「えーっ！」「あ、そうなのー」「本当？」「わぁー！」という相づちを打っているだけでも、会話って何て楽しいのだろう、と私には思えるのです。

そんな出会いを求めて、私はマニラに住んだ五年間、英会話のほかゴルフやテニスにもチャレンジし、スイミングスクールに通ってクロールと平泳ぎをマスターしました。また、インターナショナルスクールの趣味の教室で行われた陶芸教室にも参加するなどして、それぞれに友人もでき、私はマニラでの生活を存分にエンジョイしたのです。

旅が好きになり、人を好きになり、会話を楽しく感じ、今にして思えばまるで学生時代に戻ったようなマニラ時代は、「個人・永田朝子」を堪能できた五年間でした。それは、ずっと日本にいて平凡な主婦としての生活と会話しかしなかったとしたら、とうてい考えられなかったことです。もっとも、そうしたことができた背景には、日本から離れた解放感というものがあったことも、大きく影響していると思います。

第4章　第一生命勤務時代

帰国直後に訪れた大きな転機

夫とともに駐在したマニラで、毎日生き生きと仕事をしている男性たちを見て以来、「外で働くということはどんなに素晴らしいことかしら」と、私はずっと思っていました。そして夫の駐在が終わろうとするころ、私はマニラの民芸品や貴金属を日本に売る商売をしている知人の手伝いをすることになり、やがて、仕事をするということの面白さにすっかり魅せられてしまったのです。

「日本に帰ってそのまま専業主婦になるなんて、もう考えられない」

そう思った私は、思い切って夫に働きたいという意志を伝えてみました。

「日本に帰ったら何か仕事をしてみたいのだけれど……」

「君がそうしたいのなら、働くのはいいことだと思うよ。僕も協力する」

夫はそう言って、快く賛成してくれたのです。

そのとき、私は三五歳、二人の娘は九歳と八歳になっていました。

チャンスがあれば仕事をしたい……。そうは思っていても、結婚前に商社のOLを経験しただけなので、自分にいったいどんな仕事ができるのかわかりません。しばらくの間、私は積極的に就職活動を行うこともしないままに、帰国後の諸々の慌ただしさに日々追われていました。

そんなある日のことです。大阪の梅田で買い物をしていた私に、にこやかに近づいてきた一人の女性がいました。

「私たちの仕事にとても向いている方のように見えたのですけれど、もし、お仕事をする気持ちがあったら、よろしかったら手伝っていただけませんか」

差し出された名刺には、第一生命という生命保険会社の名前が印刷されていました。私に声をかけてきた方は、その生命保険会社のセールスレディーという仕事をしている人だったのです。忘れもしない一九七九年、街のジングルベルがにぎやかな一二月下旬。その少し前に夫は再び海外赴任となっており、学校に通い始めていた娘のために、単身でインド駐在を務めていました。

生命保険会社では「増員」というかたちで、セールスレディを勧誘するシステムが組み込まれているのですが、私に声をかけてきた人もその「増員」が目的でした。もちろん、当時私はそんな内情は知りません。しかし、名刺に刷り込まれた第一生命という会社名を見て、

「大手の会社だわ、いいかげんなところじゃないから、一度話を聞いてみてもいいかもしれない」

と思ったのです。生命保険の外交の女性というと、古いイメージでは年輩の女性を想像しそうですが、声をかけてきた女性は若く、しかもとても感じのよい方でした。その方の好印象もあったかもしれませんが、何よりもその積極性に心打たれたのです。

「へぇー、いまの保険のセールスって、こういう人がやっているのね」

と印象深く思ったことを覚えています。

そしてそれはまもなく、私の人生における大きな転機の始まりとなりました。

家族の応援の中で新しい出発

年が明け、私はさっそく、年末に声を掛けてくれた女性が勤務している支部に出向き、面接を受けました。どんなことでも思ったことはすぐに行動しないと気が済まない性格ですから、迷う材料がないこともあって、その場で働くことを即決。小学校に通うようになっていた二人の娘は、マニラでのメイドとの生活で、すでに親離れができていたため、私が働くことについても聞き分けよく、反対されることはありませんでした。

だいたい何かが決まるときとはこんなものだと思います。何でもすることが早い私らしい判断だったといえるでしょう。ずっと働きたいと思っていたのですから、訪れたチャンスに即決するのは、私の中では不思議なことではありません。それはのちに、ずっと探していたシドニーのマンションを、まるで八百屋でダイコンを買うように即決で購入したのと、ほとんど同じことでした。

マニラでさまざまな経験をし、たくさんのエグゼクティブにも会い、一流といわれるものをたくさん見てきた私は、以前に比べて格段に、視野が広くなってきていました。自分の中には引き出しがたくさんあり、それぞれの状況に合わせた判断が容易にできるようにもなっていました。ですから即決で仕事を決めたことには、何の不安もなかったのです。

インドに単身赴任している夫にその旨を事後報告すると、

「決めたのだったら、頑張ってしてみたら」

という返事があり、私は力強い応援を得た思いで、より一層、働く意欲を新たにしました。家の玄関を一歩出れば、家のことはすべて忘れて仕事に打ち込む……、そういう仕事人間の夫から励まされ、私も働くからにはそのくらいの意気込みで頑張ってみようと心に誓ったのです。

マニラから戻って以来、夫がインドに赴任したのちも、私たちは夫の実家で義母とともに暮らしており、義母が家事全般と娘たちの世話をしてくれるということになったので、私が働く環境はより理想的なものになっていきました。私が働こうとする上で、何よりも心配で気がかりだったのは娘二人のことでしたから、義母が世話を引き受けてくれたことは、心からありがたいことでした。いまでも感謝の気持ちでいっぱいです。

企業戦士相手の「職域開発室」に配属

チャンスがあれば仕事をしたいと思っていた私にとって、思いがけず飛び込んできた第一生命という会社との出会いは、まさにそれこそがチャンスだったのです。第一生命には新人教育制度として「ポピースクール」という研修制度がありました。その研修を約三週間受け、その後認定試験を受けると、晴れてセールスレディ一年生になれるのです。

それからしばらくの間、私は、梅田のブティックで私に声をかけてくださった方のお手伝いをしながら、仕事の様子を学ぶことになりました。その方の後について訪問先を回ったり、お客様に差し上げるノベルティーに会社とその方の名前が入ったシールを貼ったりという、いわば保険セールスの周辺の雑用です。

マニラで商社マンの妻として五年間の駐在員生活を送り、帰国したばかりだった私は、仕事をしたいと思った当初から、いわゆる専業主婦相手の仕事だけはしたくない、と心に決めていました。たとえ保険のセールスであっても、一軒一軒の玄関のチャイムを鳴らして、井戸端会議のような会話はしたくない。仕事の合間に交わす会話も、大根が一本いくらだったとか、煮物の味付けはこうするといい、といったような所帯じみた会話は、決してしたくなかったのです。

マニラで優秀な男性たちの仕事をじっくりと見てきているわけですから、そういう男性たちの仕事の現場と、できるだけ関係のあるところで働きたいとずっと思っていました。そのためには、まず企業相手の仕事、そして男性企業戦士を相手にする仕事しかないと思いました。

ずっと温めていたその思いを現実にするために私が希望したのは、梅田駅前の第一生命ビル内にある「職開室」と呼ばれる職域担当の職場でした。商社マンである夫の駐在に伴うマニラ帰り、ということで上司も推薦してくれました。そして入社から一〇カ月、私は「大阪総局職域開発室」、通称「職開室」に配属となったのです。当時その営業課長だったのが、現在の森田社長でした。

記念すべき、初めての契約

当時私は三五歳。当時の「職開室」はかなり年輩のセールスレディが、中心になって仕事をしている職場でしたから、その中にあって私はもっとも若いセールスレディになったのです。職開室第四期生だった私の同期生は約二〇人ほどいました。セールスの仕事はそれぞれが自分の顧客を受け持つことになりますが、私の場合は夫が現役の商社マンということもあって、すぐに「商社担当」となり、そのなかの某大手商社を受け持つことが決まったのです。

最初の仕事は、担当になった商社のラグビー部でした。担当が決まったからといっても、もちろんいきなり生命保険の説明をしたり、契約がとれるわけではありません。最初は、土曜日や日曜日に行われるラグビーの試合を応援に行き、部員のみなさんとできるだけ親しくなることから始めていきました。また、ラグビー部の部員名簿をいただいて皆さんの誕生日を調べ、それを自分のリストに書き加えていくという作業もしました。そして、メンバーの方の誕生日には、必ず忘れずにささやかながらも誕生日のプレゼントをするのです。

当然ながら、土曜出勤や日曜出勤は当たり前になりました。しかし私はそういうことを苦痛に感じたり、不服に思ったりすることは、まったくありませんでした。とにかく、皆さんが話題豊富な方々だったので、仕事の話にしても、趣味の話にしても、聞いているだけで楽しくて仕方ないし、私にとってはどんな話であれ、興味深く勉強になることばかりだったのです。

そんなふうにしてその商社のラグビー部に通い始め、およそ一カ月が過ぎた頃、一人の部員の方から、私にとって記念すべき第一号の契約をいただくことができました。

私にとってのその一カ月間は、何もかもが楽しく、興味深く、そのうえ新人なりに仕事は山ほどすることがあって、不安を覚えるような時間はまったくありませんでした。

そしてそれから、第一号のお客様より〝ラグビー部〟の情報をいただいたりして、輪が広がっていったのでした。

しかも、一流商社で働く方々の年収は高く、若い社員の方でも一件の保険金額が大きいので、このときの私にとって初めての契約も、契約高がかなり大きかったことを覚えています。

世の中にこんなに楽しい仕事があったなんて

初めての得意先となった商社では「マニラ帰りの永田朝子」というのが、私のキャッチフレーズになっていました。社員のどの方と話をしていても、商社マンの妻としてマニラに駐在経験があることで話が通じやすく、話題にも事欠くことがなかったのです。

そんなふうに毎日を慌ただしく過ごしているうちに、気がついてみれば、最初の契約第一号から、コンスタントに毎月三件から五件の契約がいただけるようになっていました。ときには一カ月で二〇件もの契約をいただくこともあり、新人のペースとしては極めて順調な歩みだったと思います。

とはいっても、なにしろまだ入社一年目。仕事のやり方としては、上司から指示されたことを間違いのないように、ただ確実にこなすことで精一杯でした。特別なことは何一つしないうちの順調な滑り出しだったのです。

こうして好調に契約がいただけるようになって、私は自分がこの仕事に向いている、という意識を、しだいにはっきりともつようになってきました。しかも毎日が楽しくて楽しくて仕方がない。人と会って話をすることに、仕事であるという義務感が感じられず、日に日に充実した一日を送れるようになっていったのです。

「世の中にこんなに楽しい仕事があったなんて……」

私はつくづくそう思い、生き生きと仕事に励みました。周囲からは、「まるで水を得た魚のようね」とまで言われるようになったのです。

なにしろ、私は人が好き。人と会って話をすることが大好き。しかも、どんな人であっても、その人の良い部分を見つけることが大得意でしたので、担当企業を回っていて、人によってはあまり感じのよくない対応をされたり、いやな面を見せられたりすることもありましたが、そういうことはまったく気にしませんでした。そして、どんな人にも良い面はきっとあるはずだから、次回もまた笑顔であいさつすればいい、そう考えることにしたのです。

勉強しながら仕事の面白さを感じる

第一生命での私たちの一日は、例えばこんな感じでした。

出社は九時一五分。始業とともに毎日必ず朝礼がありました。上司からは、お客様のところに行って話題にできそうなその日の社会の動きや、情報、新商品の説明があり、次に、私たち一人一人が、前日の体験談や反省点を語ります。そして、それぞれ個人の成績が棒グラフに示して発表され、だいたい一時間ほどで朝礼が終わるのです。

大変なのはその後です。すでに午前中のアポイントメントが取れている人は、次々と事務所から飛び出して行きますが、この出かける前の準備というのが一仕事で、しかもとても大事なことでした。パンフレットその他の資料は、常に一〇

人分は用意していましたから、資料専用のバッグに一抱えはあります。それを抱えてお昼休みの時間帯に合わせ、

「こんにちはー、第一生命の永田です」

「昨日お渡しした、プラン見ていただけました?」

「いや、忙しくてまだ見ていないよ」などという返事が返ってきても、しつこく説明したりはしません。

「それじゃ、一週間後にまた来ますから、どうぞ検討してみてください」

お誕生日がわかる人がいれば必ず、さりげなく誕生日プレゼントを渡すことを忘れませんでした。

「お誕生日おめでとうございます。この良き日を機会に是非ご決断ください」

そうして仕事中のオフィスの中を、かならず上司から順に、すべての社員に声をかけながらあいさつして回ったのです。

人に接する仕事をするうえで必要だと思われることは、できるだけ努力して身につけるようにもしました。人の心を動かすためには何をすべきか、といったような本は徹底して読み、勉強しました。

たとえば、松下幸之助『一日一話』、春山茂雄『脳内革命』、ナポレオン・ヒル『思考は現実化する』、野田正樹『鋭い経営センスを身につける法』、加藤締三『思いこみの心理』、泉田豊彦『自己啓発の小さなヒント』などなど。

このような本を読んで学んだことを、実際に次の仕事で生かし、それが思った通りに運んだときは、まさにゾクゾクするほどに仕事って面白いと感じました。

入社三年目、専属アシスタントを採用する

入社して一、二年、私は目標以上に仕事をこなし、成績も順調に伸びていきました。しかし、この仕事には人それぞれに向き不向きというものがあるようです。仕事を始めた早い段階から、自分はこの仕事には向いていないと見切りをつけ、入社して一カ月も経たないうちに辞めていく人もたくさんいます。同期入社は二〇人ほどいましたが、やがて一人辞め、二人辞め、という状況になり、最後まで残ったのは結局私一人。何年か続いた人でも、契約が取れないようになると

辞めていってしまうのです。

私がこの仕事を長く続けられたのは、人が好き、話を聞くのが好きで、自分に合っていたということもありますが、上司に恵まれていたということも、その大きな理由ではないかと思います。「職開室」で私の指導役となってくださったK（女性）さんの指導は、すべてが私にとって納得できることで学ぶところが多くありました。同期生二〇人の中で私一人だけが最後まで残ったというのは、ひとえにKさんのおかげと感謝しています。

仕事が楽しい、面白いと感じ、毎日充実して過ごしていましたが、楽しいと感じれば感じるほど、面白いと思えば思うほど、忙しさは加速していきました。そしてある日、上司のMさんから、

「永田さん、秘書をおけばいいんじゃないの？」

とさりげなくアドバイスされたのです。

「そうか、秘書ね。秘書がいれば、必ずしも自分がしなくてもいい仕事は、それをその人にやってもらえばいいんだわ」

自分がしなくてもいいことや、自分ができない状況にあるときは、できる人にやってもらえばいい……。それはマニラ駐在の生活の中で、私が身をもって実感してきたことでした。何も自分を犠牲にしてまで、すべての仕事を一人でこなす必要はないのです。

まもなく私はＭさんにすすめられた、かつて第一生命の社員だったという女性を、自分専属のアシスタントとして雇うようになりました。雇うというのは、私たちのような仕事は、会社に所属はしていても実は個人事業主であるため、当然ながら人件費は、自分の経費として出費することになるのです。

そのアシスタントとは毎月定額を支払うということで契約し、私は毎月の収入の中から、どんなに収入が少ないときも、逆に多いときも、必ず契約額を支払うことになりました。今のこの状況ならそれでやっていける、と判断したのです。そして、私の期待に応えるように、彼女は私の力強いサポーターとなって頑張ってくれました。

第一生命に入社して三年目、三八歳のときのことです。

会社内に「永田朝子事務所」を開設

最初のアシスタントになってくれた、深田峰子さんは当時二二歳で、明るくとても感じの良い女性でした。私がリタイアするまでに、アシスタントは何人か変わりましたが、どの人もみないい人で、私は上司からアシスタントまで、周囲の人には本当に恵まれていたと思います。のちに、私がアシスタントを採用しているのを知った同僚が同じようにしようとしていましたが、なかなかよい人にめぐり会えず、ずいぶん苦労をしていました。

本来、個人でのアシスタント採用というのは、会社からは公に認められてはいません。ですから当然ながら、当時は私のほかにアシスタントを採用しているセールスレディもいませんでした。しかし、ある程度以上の成績優秀者だけは比較的自由に何でもでき、会社からも同僚たちからも別格の扱いをしてもらえ、また、それを批判されることもなかったのです。

それどころか会社は、全国で一五名の〝特選営業主任〟に選ばれた私に、専用の個室まで用意してくれました。そこに私とアシスタントの事務机と応接セットを置き、いつも花を絶やさない「永田朝子事務所」ができたのです。平成四年、一〇月のことでした。当時のY支社長の、ものの考え方やその方向性は、私にとって大いに共感できるもので、教えられる事も多く、今でも大変感謝していま す。

上司のMさんのすすめで、入社三年目だった昭和五八年からアシスタントを採用し、「永田朝子事務所」が設立されて以後は、支社内で行われる朝礼は毎日、そのアシスタントに出てもらうことにしました。私は必要情報だけ朝礼に出席したアシスタントから報告を受ければいいのです。それによって、朝の慌ただしい時間、私は自由に有効に使うことができました。

さらに私は、当時はまだ個人としては現在ほど普及していなかったパソコンを導入し、顧客管理を徹底して行うことにしたのです。何代かに引き継がれていたアシスタントの中で、もっとも長く八年間も頑張ってくれた横山史恵さんは、特にパソコンが自由に使いこなせる人だったので、私は大いに助かりました。

その顧客管理のプログラムを作ってくれたのは、コンピュータに詳しい、私の得意先のお客様でした。現在でこそコンピュータの使用が当然になり、会社が顧客管理を一本化して行う時代になりましたが、当時は会社はそこまで細かいことはしてはくれません。私たちはみな、自分の顧客は自分でリスト管理していたのです。しかし、手書きで行っていたのでは効率も悪く、漏れやミスにもつながりかねません。私はこの早期のパソコンによる顧客データ管理によって、事務処理をスピーディかつ正確に行えるようになり、仕事の効率アップにつながったと思っています。

アシスタントの横山さんには、このコンピュータによる顧客管理のほか、企業の情報をコンピュータからアウトプットしたり、契約書の入力、書類の整理整頓、その他事務処理全般を任せました。自分一人なら五時間はかかるような仕事も、アシスタントとパソコンの導入によって、それらは一時間で済むようになったのです。すべては、自分のための時間を作りだすためでした。

自分が得意でない部分は、得意な方に共感して協力してもらう。メイドにすべての家事をしてもらっていたマニラでの生活の考え方をここでも生かし、私は仕

永田朝子事務所で

事だけに縛られない、自由な時間を手に入れることができました。

時間に余裕ができることで仕事の面では面接時間が多くとれるようになり、取引先の社長はじめ役員の方々と、ゆとりある会話をすることができるようになりました。そして、さまざまな雑談の中から大きな「企業保険」の契約を結ぶこともできたのです。もちろん、映画を見に行ったり、友達と食事をしたり、おしゃべりしたり、というプライベートな時間も楽しみましたが、それらはすべてお客様との話題づくりに欠かせないことでした。

ときには新幹線に乗って東京まで友達

に会いにいくこともありましたが、やはり私にとって「仕事と遊びは一緒」。東京で仕事を終えれば、マニラ時代の親友が住む赤坂に行き、食事を楽しんだりして遊ぶこともよくありました。そんなときでも、当然ながら仕事はいつも頭の中にあります。しかしそれも、アシスタントに電話一本で指示すれば済むことは、すべて任せることにしていました。

そうして自分が遊ぶことで気持ちに余裕もできましたし、また、お客さんとの会話に必要な情報や知識も得ることができたことは、私にとってはとても大きな収穫となったのです。

セールスレディの最高峰、「国際MDRT会員」に

私の仕事は順調でした。お客様との交流をより活性させるために、さまざまなアイデアを出し、実行していきました。

例えば、毎日の徹底した新聞チェックもその一つです。まず、毎朝、一般紙や

経済紙を丁寧に読みます。その記事の中から取引先に関係のある記事や取引先の方が興味をもちそうな記事、関連のあるユニークな話題、最新の生命保険情報があれば、その記事部分を何枚もコピーしておくのです。コピーのホワイトスペースには「第一生命　永田朝子」と必ず名前を入れておきました。これをもって得意先へ出向き、

「部長、あのこと、新聞に出ていましたねー」

「えっ、そう?」

「はい、これコピーしておきました」

「ああ、そう、気づかなかったなー、ありがとう」

といった具合です。ちょっとした気遣いでお客様に喜んでいただけるのは、その後のコミュニケーションをスムースにする上でも役立ちますし、私自身も勉強になります。そうしたさまざまな工夫を常に考え、自分の仕事に役立てていくことは、私にとってとても楽しいことでした。

入社後三年から五年ほど経つと、これから先、今のままセールスの仕事を続けていくか、あるいは新人セールスレディを教育していく側になるか、二つに一つ

の選択を迫られることになります。私は入社五年ほどになると、仕事を始める以前には予想できなかったくらい高額の収入を得られるようになっていました。セールスの仕事にも面白さを感じていました。そのため、周囲のすすめもあって、指導の仕事ではなく、このままセールスの仕事を続けていく決心をしたのです。

そして一九八八年、私は、全世界のセールスレディたちのあこがれとされる「国際MDRT（Millon Dollar Round Table）」の会員になりました。四一歳のときのことです。MDRTは、全世界五〇カ国以上から二万人ほどの同業者が認定されている、いわばセールスレディの最高峰。あるレベルの成績に達し、その成績を維持できることが前提となり、所属支社の支社長推薦を得て会員資格が与えられるものです。第一生命大阪南支社では私一人。全国的に同じようなレベルで仕事をしているセールスレディたちの集まりでした。

翌一九八九年には、第一生命がセールスレディに対して募集をした論文に応募し、同年、幹部の方々とともに私たちセールスレディも五名参加して、ロサンゼルス、サンフランシスコ、ハワイへの一〇日間の旅も楽しみました。

私にとって、仕事と遊びは一緒

入社から五年を過ぎる頃から私は大阪南支社のなかで、ずっとトップの成績を上げ続けており、当時の阪神ブロックという地域の中でも常に一位か二位の成績を維持していました。その頃はおもしろいように次々と契約を取ることができたのです。仕事というものはこんなにもおもしろいものなのか、そう当時の私は思っていました。

風邪をひいて熱があっても、お客様と約束した日には無理をしてでも出かけていき、契約が取れれば風邪も治ってしまうほどでした。収入も確実に上がっていきました。家の事や子供の世話は完全に母や妹に任せてあったので、何の心配もありません。私はますます仕事に打ち込むようになっていきました。

私にとって、仕事と遊びは同じものだったといってよいでしょう。自分が楽しいと思う仕事が自由にできているということは、まさに趣味と実益を兼ねているようなもの。仕事が辛いものだという意識はまったくありませんでした。人が好き、人に会って会話をするのが好き。お客様との会話で、自分の知識が増えていくこともまた、楽しくて仕方なかったのです。

私はセールスに必要と思われる資料作りにも、熱心に取り組みました。顧客管理のリストなどもその一つの例です。例えば、Aさんというお客様はどんな方か、誕生日、趣味、ご家族、出身校などなど。私が知り得る限りの情報をリストにし、ご家族の方の誕生日にもプレゼントを用意しました。そしてアポイントメントを取ってその方と会う直前には、入念にデータをチェックします。相手のデータを頭の中に入れて会話することで、相手が受け取ってくれるこちら側の印象は、格段に違うはずなのです。

どうやったらこちらの話を聞いてもらえるのか、どうすれば保険に興味をもってもらえるのか、たとえて言うなら、ゲームの攻略法を考えているようなものでしょう。こちらが立てた戦略で契約がスムースに進めば、これほどうれしいことはありません。思い通りにことが運ぶ快感は、まさにゾクゾクするものでした。しかも、私にとってそうした戦略を考えることは、大変な仕事だとはまったく思えず、毎日が楽しくて楽しくてならなかったのです。

契約が取れて成績が上がれば、それに応じて収入も上がり、その収入のほとんどを、私は自分の思い通りに使えました。仕事上でも、また個人的にもいつもお洒落でいたかったこともあり、気に入った服が自由に買えるほどの収入でもありました。逆にお洒落をして出かけられるから、また仕事が楽しくなるということもありました。周囲には、仕事が楽しいなどという人はあまりいませんでしたが、私は仕事も遊びも同時に楽しんでいたのです。

お客様と上司にめぐまれた幸福な時代

私がしていた仕事は、自分が担当となった職域の中では、その企業のトップをはじめ重役クラスの方々ともお会いすることが可能な仕事でした。仕事で成功されている方々はみなさん仕事もできるうえに、ほとんどの方がさまざまな趣味をもっていらっしゃいました。その方たちとの会話が弾むように、私は興味深くその方々のお話を聞きましたし、そうすることで相手の方も喜んでくださいました。周囲から「部長キラー」などとはやされていたのもこの頃です。

当時、上司だったKさん（女性）は、顔を合わせるたびに必ず私を励ましてくれました。

「あなたはできるわよ、あなたならできる」

Kさんは心から私を励ましてくれました。まるで暗示にかけられたように、その言葉は私の中に浸透し、自分はできる、やればできるんだ、という自信につながっていったのです。

人間はいくつになっても、人から誉められればうれしいものです。誉められたことで、さらにまた頑張ろうという気持ちにもなります。私はKさんから教えられた「人を誉める」ことを、また仕事にも生かしていきました。

私がここまでやってこられたのは、お客様と上司にめぐまれていたということが、とても大きかったと思っています。お客様はすべてのお客様、上司は支社長、K営業部長、支部長、そしてKさんでした。特にK営業部長には昭和六一年に出会って指導していただいて以来、仕事の一層の面白さを味わうことができ、大変感謝しています。

当時私は、毎朝八時には出社していました。早く出勤されている上司の方々から、その日のニュースや日本の経済の動きなどを聞くのがとても楽しみだったのです。何気ない会話から、その日の契約につながるような、お客様との会話に役に立つ言葉を、私は毎朝得ることができました。一カ月の契約高が初めて一〇億円台になったのもこの時期でした。

私は人一倍向上心があるほうだと思います。ですから、どんな内容であろうと自分よりも知識や経験が豊富な人と話をすることが好きなのです。逆にくだらないおしゃべりというものがあまり好きではありません。今にして思えば同僚たちと会話した記憶はほとんど残っていません。女性同士で集まっておしゃべりをしていても私は加わらず、尊敬する三人の上司の言うことを素直に聞き、言われたとおりに仕事を進めていました。そうしていくことが、私には楽しくて仕方なかったのです。

同時に、私自身もさまざまな知識を身につけるよう勉強し、努力もしました。自分自身を向上させ、自分よりレベルの高い人と楽しく会話ができることは、私にとって、何にも代え難い幸福な時間だったのです。

相手の心理状態を読むこともときには大切

保険の契約を結ぶというこの仕事は、その進行過程が、恋愛の進行過程に似ているような気がします。こちらが追いかけすぎれば、逃げられる。お客様にしても、しつこく来ないでとは言っても、内心は無視せずに声をかけてほしい、という方もいらっしゃる。それは言ってみればまさに、恋愛のかけひきのようです。そんな心理状態を読むことも、この仕事にはとても大切なことでした。

私の場合、今回はこの人にぜひ契約してほしい、と思ったとき、いきなりその人のところに押し掛けたりはしません。最初のうちは、わざとその周辺の人のところへだけ行き、実際に契約をしたいと思っている人のところへは最後に寄って、

「また、よろしくね」

とだけ言って帰ります。そんなことを何回か繰り返し、そしてある日ようやく、そのフロアのなかで、その人のところに最初に行ってみるのです。

「永田さん、いつもニコニコしてるのに、ぜんぜん僕のところに来ないものだから、なんか僕に気があるのかな、なんて思っちゃったよ」

「そりゃ、気がありますよ◯◯さんには、人間としてね」

　お客様と話をしているときは、意識してその方の名前を声に出して言うことも心掛けました。「お客様が」ではなく「◯◯さんが」と声に出していうことは、相手にとっても、自分の名前を意識していてくれる、と感じられるわけですから、相手にとってのこちらの印象も違うようです。しかも、お客様の名前は、一回だけでなく、何度も何度も口に出して言いました。こうして何度も口に出して相手の名前を言うことはとても大切なことです。それによって相手の方の、こちらへの注目度が格段に違ってくるのです。

　また、企業相手の場合は、実際に決定権をもっているのは、今、目の前で窓口になっている人ではないことが明らかな場合がよくあります。そんなときは、相手のプライドを絶対に傷つけないようにすることがとても大事でした。例えば、目の前にいるのはA部長で、実際に決定権があるのは社長だけだったり、専務だけだったりする場合、かならずA部長をまず尊重します。最後に確認したいとき、

「A部長のほかにも決定権をお持ちの方っていらっしゃるんですか？　ほかには社長だけですか？」

という確認の仕方をするのです。もちろん、実際に決定権を持っているのは社長だけだとわかっていても、です。それだけのことで、担当の方とのいい関係ができ、仕事はスムースに運んでいきました。

私が担当していた一流企業の方々は、みなさん本当によい方ばかりでした。ちょっとしたアンケートをお願いしても、どの方もみなさん、すぐに協力してくださるのです。これがもっと規模の小さな工場などになると、おそらくそういうわけにはいかなかったことでしょう。

「ああ、また、こんなの書いちゃって、これでまた永田さんのところに入ることになるんだろうなあ、ハハハハハ」

などと、笑いながら応えてくれたのは、一流商社の部長さんでした。そしてそ

ういう方々が、さらにまた、別企業のお知り合いを紹介してくださり、立派な方々の人脈を、私はありがたく辿らせていただいたのです。

思い出深い「MDRTアメリカ会議」

私が一九八八年に初めて会員になった「国際MDRT」では毎年一回、六月に必ず、アメリカの各主要都市で世界大会が行われました。全世界から成績優秀なセールスレディやセールスマンたちが集合し、約一週間コンベンションセンターで、同時通訳を介して勉強会をするのです。勉強会のテーマは「自己啓発」であったり、「ボランティア」であったりしましたが、最後には必ず「これからも頑張らなくては」という気持ちにさせられる内容でした。

ＭＤＲＴは、一九二七年に全米生命保険外務員協会の成績優秀者が円卓を囲んで非公式の集会を開いたことが発端となって、翌一九二八年に公式に活動を始めたイリノイ州シカゴに本部を置く団体です。現在は五一の国と地域から約二〇〇〇〇名の会員が登録されており、日本からは一九三一年に三名が初登録した記録があります。アメリカでは、ＭＤＲＴ会員になると新聞に資格と名前が顔写真とともに掲載され、社会的に認識されるという名誉ある資格なのです。一九九九年現在、ＭＤＲＴ日本会には各生命保険会社から合計一五三四名、第一生命だけで一〇九名の優秀成績者が登録されています。

ＭＤＲＴアメリカ会議に一回参加するためには、およそ三〇万円～一〇〇万円ほどの参加費用がかかりましたが、それでも私は連続して会員になっていましたので、毎年の参加をいつも楽しみにしていました。この「アメリカ会議」には、もちろん日本の競合他社のトップセールスレディたちも、たくさん参加します。おもしろかったのは、日本では競合会社なのに、アメリカ会議ではそういう同業者たちと友達になれたということです。

他社の優秀な同業の方々と知り合い、友達になれたことは、私にとってとても有意義なことでした。何といってもみんな同じようにトップとして、高いレベルの仕事をしている人ばかりなので、とにかく話が合うのです。そのようにして

「アメリカ会議」で知り合った人たちとは、日本に戻ってからも何か仕事で困ったことがあると、お互いによく相談をし合いました。

「ちょっと、今、こういう人がこういう状況なのだけれど、なにか良い方法教えてくれない？」

などというやりとりは、実際によくありました。競争相手の会社の人なのに、そんなことを聞くの？　などと思われそうですが、この会議に出席しているようなメンバーには、まったくそのようなことは関係ないのです。みんな和気あいあいとして、本当に楽しい会議でした。

この国際ＭＤＲＴには、私は結局一一年連続で会員となり、終身会員という名誉ある地位をいただくことができました。おかげで一一年連続で、毎年アメリカに出かけ、充実した研修の日々を送ることができたのです。アメリカでの研修前後には、世界の各地を旅行しました。例えば、エジプトを廻って、サンフランシスコの研修に参加する、といったように。

この頃、私は本社招待による成績優秀者のパーティーにもたびたび出席していました。東京でその国際ＭＤＲＴのメンバーと顔を合わせると、誰もが皆、仕事への取り組み方や仕事の仕方そのもののレベルが高い人たちなので、いつもとても楽しみなパーティーだったのです。そういう仕事をしている人たちとの交流は、いい仕事をしている人からできるだけ吸収しようという気持ちのある私にとっては、本当に楽しいものでした。

当時の櫻井社長（現会長）の言葉で、とても印象に残っている言葉があります。

「お先にどうぞ、ではなくて、お先に失礼、という気持ちが仕事には大切」
「経営に守りはない。常に攻めまくるのが私の信条」

まさに私の心に響く言葉でした。仕事をしていくうえでまず大切なのは、私はまずは「積極性」だと思っています。それがあったから、私は今日まで充実して過ごすことができたのです。私はこの社長をとても尊敬していました。現在も、当時の経営者向けの雑誌に載った、櫻井社長の記事を大切に保存しています。

仕事を円滑にするための努力と投資

今にして思えば、私は日本経済のとてもいい時期に、現役で仕事をしていたのだとつくづく思います。「バブル」という名の経済効果は、間違いなく私たちにも時代の追い風となって影響を与えてくれました。

チャンスを最大限に生かしさえすれば、次々と契約が取れ、その後ろからはしっかりと収入というものがついてきました。もし、この時期に思ったように契約が取れなかった人がいるとすれば、それはチャンスを見逃していた、ということにほかなりません。とはいえ、実際にはそのチャンスを見逃している人はとても多かったと思います。

もちろん、順調に大きな契約が取れたのは、ただ時代がよかったからというだけでないことは、私自身がいちばんよくわかっています。先にも書きましたが、私は仕事も遊びも同じだと考えて楽しく仕事をしていましたし、担当の職域のお客様に会うことが楽しくて楽しくて仕方ありませんでした。しかし、そんななかでも私は仕事への努力を怠ることはなかったのです。お客様との話題作りに必要と思われる本を読み、映画を見、ゴルフをし、自分を成長させようという気持ちは常に持ち続けていました。

例えばこんな例もあります。お客様に差し上げるノベルティは、会社から支給されるものではありません。セールスレディそれぞれが、個人負担によって用意するシステムです。第一生命の場合はディズニーとの契約を交わしていたため、ミッキーマウスなどのキャラクターグッズを扱うことができ、それらは取引先の女性社員はもちろん、小さな子供さんのいらっしゃる男性たちにはとても人気がありました。私たちはカタログを見ながら、それぞれがまとめて購入するのですが、私は、そのカタログにあるノベルティグッズだけでも、およそ一回に三〇万円くらいは購入していたのです。

新入社員の方に契約していただいたときには、再生専用ヘッドホンステレオをプレゼントしたこともありました。高額契約者の誕生日にはブランドもののネクタイを差し上げたりしていましたので、海外旅行に行くたびに、ネクタイだけでも二〇本ほどは購入していたでしょうか。海外旅行の際は仕事用のおみやげ代とおこづかいとして、一回におよそ七〇万円から一〇〇万円くらいは使っていたと思います。

バブル崩壊により仕事はしだいに厳しい状況に

仕事が順調でバブルの波に乗っていた頃は、会社の中で私は特別扱いをされていましたので、時間に縛られることもなく、とても自由に仕事をすることができました。仕事を早めに上がることができれば直帰も可能でしたし、夕礼に参加しないこともしばしばありました。

逆に、夜になってからのアポイントが取れることもあり、そんなときは時間の枠を超えて、指定された時間にお客様のところへ訪問することもあったのです。

例えばお客様であるご主人が、

「いやー、うちの場合はすべて家内がそういうこと仕切っているからねぇ。夜に家の方に来てくれる?」

などという場合です。こんなことも私はまったく苦痛には思いませんでした。いつどんな時間を指定されても、私はそれに合わせて出向いて行きました。何をしても楽しくて、働いているという感覚ではなかったように思います。

また、私が「部長キラー」などと言われていた頃、「永田朝子を取り巻く七人の男」などと周囲に冷やかされていた、七人の部長さんたちがいました。その七人の方々はいつも私の応援をしてくれていたのです。やがて、私の仕事が全盛になる頃には、その方々は各関連企業の社長になっていきました。つまり、その各関連企業はすべて、私の得意先になっていったというわけです。

親会社である某有名商社を定年退職して天下りするのですから、親会社で受けた退職金も、当時は続々と私の契約となって入ってきました。当初から私の得意先だった某大手商社、その子会社と関連会社の三本立てで、私の仕事はフル回転。一九九二年(平成四年度)には、そのピークと言っていいほどの成績と収入を上げることにもなり、仕事ができれば怖い物なし……、やはりすべては「実績」だと実感していました。全国準王座になったのも、この年、第一生命が創立九〇周年を迎えたときでした。

しかし、私の営業成績がそのまま昇り続けたのは、それから四、五年後までのことでした。世の中は「バブル崩壊」という、とても厳しい経済状況に見まわれていたのです。

バブル崩壊後は利回りも悪くなり、保険契約成立の動きは途端に鈍くなり始めました。仕事というのは、成功していくから楽しいのであって、そんな状態が続いていては、楽しさを感じるどころではありません。私はその頃からしだいに、仕事が面白くなくなってきたな、と感じていました。

素早く時代の先を読み、五五歳で早期リタイアを決意

バブル崩壊によって落ち込んでいった景気は、しばらくは回復しそうには思えませんでした。仕事が以前のように順調にいかなくなって、楽しくて仕方がない時代も過ぎたとき、ふと思い出したのが、インド駐在を終えた夫が一九八四年か

ら次に駐在した赴任先のドミニカを、娘とともに訪れたときのことでした。

それは、いつもびっしりと組まれたスケジュールの中で、休むことなく毎日精力的に仕事をこなしていた当時の私にとって、ある意味でとても衝撃的な光景だったのです。

ドミニカ共和国は大西洋とカリブ海に囲まれた面積およそ四九〇〇〇平方キロメートルの島。ラテン・アメリカ特有の、明るくのんびりとした雰囲気がただようその国で、日がな一日プールサイドでくつろいで何もせずに過ごす人々を、そのとき私は毎日目にしていたのです。その光景を見てまず感じたのが、

「なんて優雅なの。こんな世界があったなんて……」

そのとき私は、何もしないで過ごす時間の優雅さというものに、限りない価値を感じていました。それまで「仕事も遊びも同じ」と主張してきた私にとって、それはまさにカルチャーショックに近いものがあったと思います。

あの人たちのように優雅に仕事をしてみたい。ただ忙しく動き回るのではなく、たっぷりの時間をとって優雅に休暇を過ごし、そしてまた仕事をする……、いつかそんなふうにしてみたい……、そのときそう心に決めていたのです。とは

いえ、現実は厳しく、日本に戻ればまた今までのように、毎日があわただしく過ぎていくばかりでした。

ドミニカで見たその優雅な人々の光景を、そうして再びはっきりと思い出してから、私はとうとうある決心をしました。

「いつまでもこの状態で仕事を続ける必要はない、これから当分はこんな時代が続くはず。それならば早いうちに仕事を切り上げることにしよう！」

仕事も遊びも一緒の私にとって、まさに「お先に失礼」の気持ちでした。

その早いうち、という時期を、満五五歳となり、勤続二〇年目を迎える二〇〇〇年五月と決めました。

私は本当に恵まれていたと思います。よい時代の流れにのって、すばらしい人々と出会え、いつもハッピーな気持ちで仕事をすることができました。その私がこれで仕事を辞めよう、と決意をしたのです。

これもまた、時代の流れというものなのでしょう。もしも、バブル全盛の頃があのまま永遠に続いていたとしたら、私は今もまだ仕事を続けていて、現在のシドニー暮らしはあり得なかったと思うのです。

第5章　新しい家族のかたち

子離れ親離れ

子供がまだ小学生のときから第一生命のセールスレディとして仕事を続けてきた私ですが、当時それを実現できたのは、まさに姑や、実家の母、妹たち、娘たちの協力があってのことでした。マニラから帰国した直後の私たち家族は、夫の実家で同居していたため、家事などは快く引き受けてくれた姑に任せ、私は思う存分仕事に打ち込むことができたのです。

何でもかんでも自分一人の力でやろうとすれば限界もあり、おそらく相当な無理が出たことでしょう。一緒に仕事をしていた当時の仕事仲間には、そういう協力者のいる環境に恵まれずに、子育てや家事の問題を自分一人で抱えながら、なんとか時間のやりくりをして仕事をしている人もたくさんいましたから、私は幸せだったと思います。

また、のちに私の実家近くのマンションに引越しをしてからは、今度は私の母が助けてくれましたし、同じマンションの別棟に住むことになった妹は、夕飯の買い物を整えておいてくれたり、煮物を作って届けてくれたりして、仕事をしている私を応援してくれました。そんな環境の中で会社が完全週休二日制になった後も、私は土曜日もほとんど休まずに仕事に出掛けることができ、たくさんのチャンスを生かすことができました。

子供たちは子供たちで、フィリピンのマニラで生活していた頃にメイドとともに留守番をするなどして、小さな頃から、親離れがしっかりとできていましたから、私が仕事に出ることで、寂しいということはまったくないようでした。たまにめずらしく私が早く帰ったりすると、

「ママ、きょうはどうしたの。お仕事に行かなくてもいいの？」

と、家にいることが不思議でたまらない様子でした。私を見つけて甘えて抱きついてきたりするかと思いましたが、意に反して子供たちの反応はあっさりとしたもので、こちらが拍子抜けしたほどです。

そんなことをときには寂しく思うこともありましたが、それを繰り返し越えて

いくうちに、私自身も子離れができていったのだと思います。

商社マンの家族には、駐在先のアメリカに子供を残したまま、親だけ帰国するなどという例もよくあることで、親子が離れて暮らしているケースは珍らしくありません。わが家の娘二人もそうした周囲の環境を見て育ってきていますから、自分の家の状況を特に不自然とも思わず、違和感はまったく感じていなかったと思います。

子供たちが中学生になると、私は時間があるかぎり、努めて話をする時間を作るようにしました。子供たちがいま夢中になっている音楽のこと、ミュージシャンのこと、近所にお洒落なお店ができたこと、そして好きな男の子のこと……。そんなときは母親というより、私は娘たちの友達になっていました。そして、女性であっても仕事をもつことは、とても楽しいことなのだということを娘たちに伝え、母親が仕事をするということを理解できるようにしてきたのです。

協力してくれる人に惜しみなく感謝の気持ちを伝える

家族の応援を得ることで仕事に打ち込めたのですから、その協力に対しては、私も誠意をもって応えなければなりません。しかし夫は相変わらず海外に単身赴任をしている状況が続いていましたし、日頃本当に私を助けてくれていたのは、ほとんど母でした。そんなあるとき、日頃の感謝の気持ちを込めて、母とゆっくりと旅がしたいと思ったのです。それまでにも私は毎年、夏休みを一カ月ほどとり、必ず海外で過ごしていましたので、母との旅行もやはり海外にしようと思いました。

そしてその年、私は、母と二人の娘と四人でヨーロッパ旅行に出掛けました。ロンドン、パリ、スイス、スペイン、イタリアを、一〇日間かけて回るツアーです。まだそうしたツアーが少ない頃で、ツアー料金も決して安くはありませんでしたが、そんなことは、日頃の感謝の気持ちからすれば、大したことではありません。

母は、訪れたヨーロッパの国々の、美しい風景やその国の料理を心から楽しんでくれたようでした。私としては、久々に親孝行ができたように思え、とてもうれしかったことを覚えています。同行した二人の娘も、

「ママはいつも仕事が忙しくて大変だなあ、と思っていたけれど、そうしてママが頑張って働いていてくれるから、私たち、こんなに豪華な旅行ができたのね。どうもありがとう！」

と言ってくれたのです。娘たちからのこの言葉は、私にとって忘れられないものとなり、その後の仕事の大きな励みとなりました。ふだん家族の協力があってこそ私は仕事を続けていられるのですから、その感謝を形にするときには、これからも思いっきりできるだけのことをしていきたいと思っています。

一般的に言えることだと思いますが、女性が外に出て仕事をしようとする場合、やはり仕事と家庭を両立させていくのは、とても大変なことだと思います。もし、周囲に協力してくれる人がいるならば、それはありがたく協力していただき、それに対して、できるだけの感謝を伝えていくことが大切でしょう。いずれ

にしても、私の場合は、もし仮に身の回りに協力者がいなかったとしても、それでもなんとか工夫をしながら、やはり仕事はしていたのではないかと思うのですが。

家族と離れて自分の城を築く

第一生命でＭＤＲＴとして活躍し、それにともなって収入も上がってきた頃、私はいつしか、自分の城が欲しいと思うようになっていました。シドニー暮らしを始める七年前のこと。その頃はまだ、シドニーで一人暮らしをすることになるとはまったく思っていませんでした。

自宅のマンションは３ＬＤＫでしたから、家族四人が住むにはとても狭く、当時は日毎に増えていく私の洋服を収納する場所さえなくなっていました。そのころはパーティーがあるといえば必ずそのために服を買い、それに合わせてコートからバッグ、靴まで買い揃えたりしていましたので、家の中は私の服やバッグであふれていたのです。ＭＤＲＴの会員なのだから服が必要になって当たり前、そのために自分の部屋が欲しいと思うことくらい当然のことだと思っていましたから、自分の部屋を欲しいと思うのは特別なことだとは思いませんでした。

あふれ始めた服の収納のこともあり、また仕事に集中するためにも、自分一人で落ち着ける部屋を持ちたかった、というのが、自宅近くに自分専用のマンションを探そうとしたきっかけでした。当時はまだ早期リタイアのことなど考えることもなく、自分の部屋を持って、これから先もずっと頑張って仕事を続けて行くつもりでいたのです。

それというのも、国際ＭＤＲＴの会で知り合った同業他社のセールスの先輩で、すでにその当時、マンションをまるまる一棟買って、その一部屋で優雅に仕事をしている人がいたのです。私は優秀な人の成功の体験談を聞くことが大好きでしたから、その人の話もとても興味深く聞きました。聞いているうちに、自分も同じように、優雅な一人暮らしを実行してみたくなったのです。

いつもそうですが、そう思うとすぐに自分にとって理想的なものが見つかってしまうのが、いかにも私らしいところです。偶然見つけたその物件は、兵庫県の自宅マンションから歩いて五分ほどのところにある一〇〇平方メートルほどの4LDKで、当時一億円とも言われる高級マンションの賃貸でした。家賃は決して安くはなかったのですが、それでも自宅から近いことと、天井がとても高い造りで高級感があり、私は一目で気に入ってしまいました。

4LDKのうち一部屋は自分の寝室に、一部屋は娘たちが来たときにいつでも泊まれるようにゲストルームに、さらに一部屋はドレスルームにして、一部屋ある和室はゲストとの食事用に決めました。マンションが決まると早速家具選びです。阪急デパートに出掛け、ベッド、ソファー、テーブル、サイドボードその他電化製品など、一つ一つ自分の趣味に合うものを探して、ようやく一式を取り揃えました。

リビングルームに置く家具はすべて白で統一し、大きなL字型の白い机にはパソコンを置き、白のキャビネットを揃えて本をずらりと並べ、夢にまで描いた自分の城ができあがったのです。

すべて揃った部屋を初めて見た娘は、思わず

「ママ、すごいわねー。これパパには見せられないわ」

と呟いたほどでした。

この部屋で私はゆったりとソファーに腰を掛け、一人で考え事をしたり、一人で音楽を聴いたり、というくつろぎの時間ももつことができました。この楽しみがやがてシドニー暮らしへと続くとは、このときは考えもしませんでしたが。

家族とよい関係を保ちながらのセカンドハウスでの一人暮らし

自分用にマンションを借りたのは、そうした理由で「自分の城」——〝リゾート感覚〟の〝非日常の空間〟——がもちたかったのです。そして、やがて始まったセカンドハウスでの私の一人暮らしは、家族とのよい関係を保ちながら、それからのち、約五年間にわたって続くことになるのです。

最初の頃は、自分のマンションと家族のマンションを頻繁に行き来する、まさに二重生活のようなかたちでした。私は仕事がどんなに忙しく、帰りが遅くなったとしても、夕食は必ず家族のマンションに行って、家族とともに食事をとりました。そして食事を済ませると、夜一〇時頃には娘に車で送ってもらい、眠るために自分のマンションに帰っていったのです。

自分の城を持った私は、以前にも増して精力的に仕事をこなすようになっていきました。のびのびとくつろげる自分の部屋を得たことで、精神的にも落ち着いて仕事に打ち込めるようになっていたのです。家にいる間は自分の寝室で体をゆっくりと休めることができるようになりましたし、夜遅くまでも、家族の迷惑を気にせずに仕事の資料整理などをすることも可能でした。いつもあふれるようだった服やバッグなども、一部屋をドレスルームにしたために、他の部屋はいつもすっきりと片づいており、それが私にはとても心地よく感じられました。

五年間にわたって、心地よいセカンドハウスでの暮らしを経験した私は、やがて、海外での暮らしを意識するようになり、その準備段階という意味もあって、家族のマンションに戻ることになりました。そしてそれと同時に娘二人が家を出て、近くのマンションに住むことになり、それから二年間、私は夫との二人暮らしをすることになったのです。

できる人がやればいい

五年間に及ぶ、自宅マンション近くでのセカンドハウス暮らしと、その後二年間の夫婦二人暮らしを経て、私はシドニーで気ままな一人暮らしを始めました。幸い、夫も二人の娘たちも私の生き方や考え方に、大きな理解を示してくれているため、私は支障なく現在の暮らしを楽しむことができています。そうした家族たちの私に対する理解の基には、夫だからこうでなければならない、とか、妻だからこうしなくてはならない、といった凝り固まった基準がないことが、大きく影響しているのではないかと思います。

現在、日本でもようやく若い世代のなかに、妻が外で仕事をし、夫が家事や育児をしているというカップルを、ときどき見かけるようにはなってきました。しかし、おそらく私のような年代の夫婦や、子供を含めた家族から見た場合、まだまだ、そういう家族のあり方が理解できず、他人事ながら難色を示す方も少なくないようです。まして、わが家のように一家の主婦である私が海外で一人暮らしをするなどということには、眉をひそめる男性も多いことでしょう。

わが家では家族みんなが働いていたので、これは妻の仕事とか、これは母親の仕事といった意識がなく「できる人がやればいい」という考え方が浸透していましたから、例えば早朝のゴミ出しなどは、ずいぶん以前から夫が率先してしていました。そしてそれは、わが家ではごくごく当たり前のことでした。こういう生活スタイルを拒絶する方は、日本の場合はとくに年代が上がるほど増えているのかもしれません。

シドニーに住むようになってからは、こちらの人々の暮らしもいろいろ目にする機会があります。その中には、妻が外で働き、夫が家事育児をしているという仲の良いご夫婦もいらっしゃいます。そのカップルには何も問題はないように見受けられますし、また、周囲の人もそれを物珍しげに見るようなこともありません。そうしたライフスタイルを維持するためには、当然ながら「経済力」というものが夫婦どちらにも確立されていなければならないと思います。そしてその点に問題がないのであれば、皆それぞれの夫婦や家族のかたちをもっていていいはずで、みんなが同じじゃなければならないということはないと思うのです。

今日の常識は明日の非常識

現在私が住んでいるシドニーのマンションの住人のなかに、三〇歳前後の若い日本人のご夫婦がいらっしゃいます。ときどきエレベータのなかで顔を合わせるのですが、最近奥さんを見かけないので、どうしたのかと聞いてみたら、なんと奥さんは今、一年間の予定で「日本に出稼ぎに出ている」というのです。その間ご主人はシドニーで一人暮らし。そのご主人からは、会うたびに、

「いやー、朝子さんと話していると、ほんとに楽しいなー」

と言われるのですが、一人でシドニーで暮らしている私に対して、若い人ほど根掘り葉掘り質問したりしません。自分たちも自由にこだわりなくシドニー暮らしを楽しんでいるからだと思います。おそらくこれが三〇前後の男性ではなく、五〇代の男性だったら、なかなかこんなセリフは言ってもらえないでしょう。

日本人の五〇代以上の方と私のシドニー暮らしの話をしていると、その私の生活スタイルと家族に対しての反応が、明らかに先の三〇代の男性の反応とは違います。「えっ?」「一人で?」「ご主人は?」「娘さんは?」といった質問はまだいいほうかもしれません。

「よく一人でシドニーなどへ……」

「よく決心されましたねー」

「僕の妻にはそんなことさせませんよ」

「私の妻には旅行だって一人で行かせたりしません」

「よくご主人が許しましたね、私なら絶対に許さないでしょうね」

これが、これまでに私が受けた五〇代以上の方たちの言葉です。

もちろん、そんなあからさまな言い方はしない方もいらっしゃいますが、大方はそのような考えだったと思います。こういう発言をされる方々に、うかがってみたいと思うことは、その方たちの妻が自立していて、妻が自由に使えるお金を稼ぐ人だったら、果たしてそのような発言になるかどうか、ということです。収入のない妻を夫が養っているから、夫は妻に対して自分の思い通りにしてもらいたいのではないでしょうか。もしもその人に自分と同じくらい稼ぐ妻がいるとしたら、おそらくお互いの考え方は変わるのではないかと、私には思えるのです。

仕事をもっていて、その仕事が面白く、遊びと同じように心地よいと感じることができる女性は、きっと仕事と遊びは同じ、と思うことでしょう。お金も自由も思いのままになるとすれば、当然ながら考え方は普通の主婦と違ってくるはずです。そうなれば夫の退職金などは知らなくてもよいし、まして必要でもないのです。私の場合もその例に等しく、自分の退職金とその他いくらかの自分の資金とで、シドニー暮らしを堪能しているというわけなのですから。

前述のような言葉を受けたとき、私は、

「あなたの常識は私の非常識、私の常識はあなたの非常識」

と思うことにしています。

これはマニラ駐在時代に、お葬式で真っ赤な服を着ている人を見て以来、私がずっと思っている「今日の常識は明日の非常識」という言葉をもじったものですが、言ってみれば、今そう考えているかもしれないけれど、明日になったら急に考えが変わるかもしれない、ということで、要は凝り固まった考えはよくない、というような意味です。

最近は、そうした五〇代以上の方と話をしていてそういう反応があると、それがその人の今の常識なんだな、と自然に受け取れるようになってきました。その人は五〇年以上もそういう考えで生きてきたのだから、ここで、私の生き方や考え方を受け入れてほしいと要求することには、やはり無理があるのだと思えるようになったのです。

そういうふうに受け取れるようになるまでは、確かに時間はかかりました。世の中にはいろいろな考え方の人がいるし、自分から見てそのように考え方が違う人を相手に憤ったところで、意味のないことだと思えるようになったのです。

奥さんでもお母さんでもなく、永田朝子として

前述の「よくご主人が許しましたね」と言われた、当の本人である私の夫は、確かに、私にとても協力してくれています。夫と一緒に南アフリカのケープタウ

ンに旅行をしたときに、同じツアーで旅行した女性から、

「朝子さんのご主人は温厚でいい人ねー」

と言われましたが、その通りだと思います。そういう夫だったから、これまで一緒にいて、そして今、私はシドニーでの一人暮らしが楽しめているのだと思うのです。


私がシドニーで一人暮らしをすることを決めたあとも、夫はいろいろと心配をしてくれました。英語があまり得意ではない私のために、銀行口座開設時に必要な内容を英文で作成してくれたり、ファクスのフォームを作ってくれたりしましたし、シドニーに住むことが決まった時点で、娘たちに、

「ママ一人じゃ心配だから、最初の一年間くらい、君たちどちらかママに付いててあげれば」

と言ってくれたのです。そのことについては、私は最初から自分一人で、と決めていましたから、結局はその通りにはなりませんでしたが、おそらく一般的に予測されるであろう「いったい何てことを言い出すんだ」といったような言葉は、最後まで一切ありませんでした。何よりも、必要以上に干渉することなく私

の好きなようにさせてくれて、黙って放っておいてくれたことが、私にはとてもありがたいことでした。

夫はいまでも「離れているとは思っていない」と言っておりますし、半年に一回のペースで、私が住むシドニーを訪れています。

私も夫も、夫婦というのは一心同体などではないと思っています。最初は価値観が同じだと思って結婚し、一緒に暮らし始めても、やがてそれぞれが身を置いた環境によってお互いの価値観が変わってくることもあります。それをいつも無理に合わせようとせず、この先それほど長くはない人生、お互いが自由に暮らすことのほうが大切なのではないでしょうか。夫も私も、ときどき会って十分だと思っている点で、今の二人の考え方は一致しているのです。

夫と私がそんな考え方ですから、もちろん娘たちも、私に普通の家庭の主婦を求めてきたりすることはありません。私は前にも述べたように、

「よく家族を置いて、海外で生活できますね」

などと言われることがありますが、二人の娘は、

「べつに置いていかれた覚えはない」

と言っています。

私が夫の「奥さん」であったり、娘たちの「お母さん」であるよりも、いつも「永田朝子」という顔をもっていたい人間だということを、ずっと以前から家族の誰もが承知しているのです。今でもときどき「奥さん」と言われることはありますが、そんなときはいつも、一瞬「えっ、誰のこと」と思ってしまいます。そこには常に「永田朝子」個人でありたいという私がいるのです。それを理解してくれる家族に私はいつも感謝していますが、つくづく、結婚相手とその環境によって、人生は変わるものなのだと思います。

家族のつながり

夫も娘たちも、何度となくシドニーを訪れ、私が心地よく暮らしている様子を見て、一様に安心をしています。

娘たちは年に三回ほどシドニーに来ますが、そんなときは思いきり、女三人でお喋り三昧。最近は人生論、女性の生き方論が語り合えるようになったので、喋り始めたら時間の経つのも忘れるほどです。中学生時代から、買い物も食事作りもしてきた娘たちに、シドニーに来ている間は、私の手作りの朝食を食べさせるのも私の楽しみの一つとなりました。オーストラリアの野菜のおいしさに感動する娘たちを見るのも、私にはうれしいことです。

子育てが終わり、娘たちが社会に出た後は、もう親の責任はなくなったと思いますし、私の役目も終わったと思っています。母親がいつまでも娘のそばにいるわけにはいかないし、いなければならない理由もありません。娘たちは母親を見ていて、これまで長い間働いてきた私が、自分で自分のためのご褒美として、好きなことをしているのだと思っているようです。そして事実、今の私のセカンドライフはそれに違いないのです。

もっとも、そういう暮らしを送るには、実際問題として、経済的な裏付けも必要ですし、家族のあり方について固定観念のある人にはなかなかできないことでしょう。そういう方は多分、これまでにも「何かを脱して生きた」という経験がないのだと思います。それどころか、私のような暮らし方をすること自体、考えもつかないかもしれません。私としてはそれが良いとか悪いとかではなく、ただ「心地よい生き方」を選んだだけのことなのですが……。

家族というのは、これから先も永遠に長い付き合いが続いていきます。いつもべったりと一緒にいるよりも、私たち家族の場合は、互いに距離を置いて付き合っていくことが心地よいのです。娘たちは携帯電話を使って、特別な用事がなくても頻繁に国際電話をかけてきます。そんなときは、オーストラリアが南半球にあり、日本が冬のときは夏であることや、関西空港からシドニーまで飛行機で九時間も要するといった、物理的な遠さなどを感じることは全くありませんし、別の国にいるような感覚がありません。電話やファクスはもちろん、携帯電話やEメールが当たり前になった二一世紀の暮らしは、まだまだもっと便利になっていくでしょう。一緒にいることだけが、家族のつながりだとは、私はやはり思えないのです。

第6章　シドニーに暮らす　その2

シドニーにいても日本とはつながっている

シドニーでの一人暮らしを始めてまもなく二年。最近になってとくに、私が考える二一世紀型移住という暮らしのスタイルは、もっともっと広く身近なものになっていいのではないかと思うようになりました。そんなに難しく考えることではない、もっと手軽なものだと思うのです。

「日本を捨ててまで、よく決心されましたね、普通はできないことですよ」

と言う人に、私は、

「そんなことないですよ、もっと気軽にできますよ」

とはっきり言いたい。

日本を捨ててまで、という考え方をするから、そういう意見になるのでしょうけれど、私は決して日本を捨てたりしていません。日本からさらに広がりをもちたいだけなのです。日本にいるだけでは、友人も日本人に限られることになりがちですが、外国に住むことでさらに、その国の友人もできるのです。文化の違う国で育った人と会話をすれば、また新しいことも覚えることができます。

英語が日常的に耳に入ってくる、という環境もやはり日本にいては味わうことができません。この英語の響きが、私はとても好きなのです。先日は、こんなこともありました。

近所の公園を友人たちと散歩していると、前から歩いてきた中年の男性に、

「Good morning ladies」

とネイティブの美しい英語で、やわらかな語尾上がりに挨拶されました。「Lady」という響きはいいですね。日本

池のアヒルが人気の自宅近くのゴルフ・コース

なら、私のような年代になると「奥さん」か「おばさん」が当たり前になってはいないでしょうか。それ以外に何か呼び方があったでしょうか。

もっとも、私はシドニーで外国人とばかり交流しているわけではありません。こちらで暮らすたくさんの日本人の方々とも親しくさせていただいています。そして、こちらで暮らす日本人の方々というのも、ほとんどが国際結婚をしていたり、駐在員の家族だったりという、国際的な感覚をおもちの方ですから、そういう方のお話をうかがうのもまた、とても興味深いことなのです。

日本にいる友人たちとは、手紙のほか、電話やファクスも利用してコミュニケーションをとっていますし、ここシドニーまで来てくれた友達も何人かいます。私が日本に一時帰国すれば、すぐに声を掛け合って食事に行ったり、小旅行をしたりしていますので、交流が途絶えることは決してありません。大事なのは、友達を大切に思う気持ちがあるかどうか、ということではないでしょうか。

友人との関係が長続きするのは、お互いに話のキャッチボールができることが条件になると思います。こちらの話に相手が興味をもってくれて、また、こちらも相手の話に興味をもつ、それが大事です。一方通行の会話しかできない相手ならば、日本とシドニーに離れて暮らしているうちに、友達という意識は遠のいてしまうと思うのです。

自分探しの途中で出会えた藤本統紀子さんとのご縁

「外国で一人暮らしをしていて、よく退屈しませんね」

これも初対面の方からときどき言われる言葉です。退屈だなんてとんでもない。自分の部屋からの眺めを楽しんでいるだけでも退屈しないシドニーで、私は持ち前の積極性と行動力で、新しい何かを見つけ、それにチャレンジしていくように、毎日を十分に楽しんでいるのです。

昨年は、知人の作家・藤本義一氏の講演会と夫人の藤本統紀子さんのシャンソン・コンサートを企画し、友人のK子さんや日本人学校にお勤めのホビーさんらの協力を得て、その準備に奔走、無事成功を収めることができました。奔走したとはいっても、もちろん私のビザは退職者ビザですから、この国で就労し報酬を得ることはできません。そのため当然ながらすべてはボランティアでのお手伝いということになるのですが、それでも私は、ワクワクするようなイベントのために一生懸命に動き回ることが、楽しくて楽しくて仕方ありませんでした。

藤本義一さんは、夫人の統紀子さんからご紹介いただいたご縁なのですが、その統紀子さんとは、もう何年も前からのお付き合いになります。

MDRT会員として、バブル全盛の頃には仕事に夢中になっていた私ですが、ある時期からは、仕事をしながらも無意識のうちに、いわゆる「自分探し」をしていたように思います。仕事だけの世界にいてこのままでいいのだろうか、もっと自分に合う道がほかにもあるのではないだろうか……。その一つの行動が、藤本統紀子さんが主催するマナー学校「ジョン・ロバート・パワーズ・スクール」に、週に一回、仕事の自由がききやすい土曜日に通うことでした。

スクールは週に一回でしたが、統紀子さんはとても素敵な女性で、私のあこがれの的。いまも手紙や葉書のやりとりがあり、また、別荘へお招きいただいたりして、それ以来ずっと交流が続いています。

たまたま昨年は、私と「シドニー日本人会」（資料参照）とのご縁から、会の文化イベントとして藤本義一氏の講演会を行うことになったもので、それに合わせて統紀子さんのコンサートとともに、微力ながらお手伝いをさせていただいたというわけです。

このほかにも、ここシドニーにいるとさまざまなイベントがありますが、私は何でも積極的に参加するようにしています。

シドニーオリンピックの際は、シーツに日の丸を描いて高橋尚子選手が走ったマラソンの応援に行きましたし、また、地元で行われた市民マラソンにも自ら参加して、一四キロメートルを約三時間かけて歩きました。オペラやミュージカルなどを見に、あの有名なオペラハウスにも、友人ロレッタさんや、K子さんから紹介されたこちらに永住されている方々とよく出掛けています。

私が大好きな「ワクワク・ドキドキすること」が、ここシドニーには溢れているように思えてなりません。

新しいことへの挑戦が若さを保つ

昨年五月、シドニーの私の部屋にとうとうパソコンがやってきました。現役で仕事をしていた頃には早くからパソコンを導入して、事務効率を上げていた私ですが、事務はすべてアシスタントに任せていたため、パソコンを自分で操ることはほとんどありませんでした。しかし、いまやインターネット全盛。日本にいる家族とのコミュニケーションは、これまでは、手紙、電話、ファクスが中心でしたが、これからはEメールという通信手段も必要になってくると思ったのです。

実際に操作してみると、インターネットとはなんて便利なもの、Eメールとはなんて楽しいものでしょう。それ以来、私のシドニーでの暮らしは大きく変化してきました。当然ながら情報が豊富で、何と言ってもその豊富な情報が早く得られることに驚かされます。デジタルカメラもスキャナーも備え、私のパソコンライフはますます充実。日本にいる娘とはメールのやりとりも頻繁です。

こうしてリアルタイムでのコミュニケーションがはかれると、北半球と南半球に離れて暮らしている感覚がほとんどなくなり、夫や娘たちの日常が手に取るようにわかります。私のようなリタイアの一人暮らしをする人に、これからはパソコンは欠かせないものといえるのではないでしょうか。

変化することが大好きな私は、変化していくことや新しいことにチャレンジしていくことを恐怖と感じることはありません。何よりも新しいことにチャレンジすることが大好きなのです。パソコンにチャレンジし始めて感じることは、これは脳の活性化のためにとてもよいのではないかしら、ということです。最初はキーボード操作もおぼつかなかったのですが、配列を覚えるようになると指が勝手に動くようになり、この指先を使うということが、脳にとてもよい刺激を与えていると聞きました。

パソコン生活が始まる前は、午後一〇時にはお気に入りのワインをベッドサイドに置き、読書に耽っていた私ですが、現在はなんと夜中の一二時過ぎまでEメールにはまっています。とはいっても、朝起きるのは今までどおり。八時にはロレッタとジェニーと一緒にプールでスイミングです。いくつになっても新しいことに挑戦するということは、若さを保つものなのではないかしら……。いろいろと体験してみた私の実感です。

私の中にある引き出しの一つ一つの扉を開けてくれたのは、マニラでの友人や第一生命勤務時代を通じて出会った人々でした。その方たちとの出会いはとてもラッキーだったと思います。先日、レジデンスの管理人（南アメリカのチリ出身）が私に「ラッキーガール」というニックネームを付けてくれました。いつも楽しそうだし、いつも笑顔だから、だそうです。五五歳を過ぎてガールはないと思いますが、まあ、エイジレスの永田朝子だからよいのではないかと、自分ではとても気に入っています。

私だけのセメタリー

シドニーで暮らすようになって、私は何もしないでいる時間がいかに大切かということを、日毎に実感するようになりました。もちろん日頃は私の持ち前の行動力で、元気に積極的に動いていますが、いつかドミニカで見た優雅な人々のように、「何もしない贅沢さ」というものの必要性を、身をもって感じるようになってきたのです。

私は大勢でにぎやかに楽しむことが大好きですし、活発に行動することも大好きです。しかしその行動の合間にも、私の部屋のオープンテラスから夕焼けを眺めたり、太陽の光を浴びながらビールを飲んだり、そんなのんびりした時間を過ごすことの貴重さを、最近は特に実感するのです。これは、日本では誰にも教えてもらえなかったことでした。

そんな余裕のある生き方を、私は二人の娘たちにも、できれば経験してほしいと願っています。遊びも仕事も一緒、と考えて仕事をしてきた私は、娘たちにもできればプロとして稼げる仕事に就き、いずれは「何もしない贅沢さ」を体験できるような、充実した人生を送ってほしいのです。そんななかで娘たちにとって「心地よい人」が現れれば、それはとてもハッピーなこと。人ではなかったとしても、心地よい場所や心地よいものが見つかれば、それもまたハッピーだと思います。

生き甲斐を見つけ、熱中するものを見つければ、必ずそこには価値観を同じくするベストパートナーがいるはずですから。

昨年、私は現在住んでいるチャッツウッドという町の近くに、ロッカー式のセメタリーを購入しました。友人のロレッタとジェニーと三人でウォーキングがてら立ち寄ったバラ園に、そのセメタリーはあったのです。

ロッカー式というと日本のイメージでは、ビルの中にあるような冷たい印象のものを想像しがちですが、そのセメタリーは、桜に似た大きな木に紫色の美しい花を咲かせるジャカランダと、たくさんのバラに囲まれたとても美しい公園にあり、まさにやすらぎを感じさせるような場所です。NICHESという名称が付けられたセメタリーで、Niche walls とパンフレットにありますから、ロッカーというよりは煉瓦積みの壁面の窪みとでもいうのでしょうか。

こうして自由気ままな一人暮らしをしていて、これから先、もし万が一のことがあった場合、少なくとも日本にいる家族に迷惑をかけたくありません。人間、いつどんなことがあるかわからないのですから、突然自分が死んだときのことを考えておくのは決して早すぎることではないと思います。もし、そういうことになった場合、私は最後に日本に帰ろうとは思っていません。ここで始末してくれていいと考えています。

友人たちは一様に、私の早すぎる行動を心配したようでしたが、私は、永田朝子が、ここシドニーに住んだ証として、この地に私だけのセメタリーが欲しかったのです。

一人だからこそ楽しい

一人でいることの楽しさ、大切さを、私はシドニーであらためて知りました。そして私はそれを、少しも「孤独」だとは思っていません。

「ひとり暮らし」イコール「孤独・寂しい」というのは、いったいどこで決めつけられてしまった発想なのでしょう。

寂しさの尺度は人それぞれだと思います。どれを指して寂しいというかは、ひ

とくりにできることではないと思うのです。シドニーでひとり暮らしをするようになってから、

「一人で外国で暮らして寂しくないの？」

といった質問を頻繁に受けるようになりましたが、私には、どうして一人で外国で暮らしていると寂しいということに結びつくのか、まったくわからないのです。そして、そういう質問をする人のほとんどが日本の方でした。すでに述べていますように、私のシドニーでの毎日はいたって賑やかです。寂しいと感じている暇などありません。

ひとり暮らしは自由です。一日二十四時間のすべてが、自分だけのためにあるのです。そう考えただけで、すばらしいことだと思いませんか？　一日のすべてを自分のために使うという贅沢さは、私にとって何にも代え難いものです。リタイア後の生活のなかで、大切なのはやはり自由な時間だと思います。自分だけの貴重なゆとり……。それを手に入れることができたのが、私にとっては、ここシドニーだったのです。

もしこれが、一人ではなくて夫と二人、あるいは娘たちも一緒の家族ぐるみだ

ったら……、それはそれで楽しいかもしれません。実際に、こちらで暮らしている友人・知人には家族単位の方もたくさんいらっしゃいます。そしてみなさん、それぞれに楽しく暮らしていらっしゃいます。

でも、私の場合はそれは違うのです。家族と一緒の暮らしでは、二十四時間すべてを、私のために使うことはできないからです。心の中では、いつも家族のことを考えていますが、日本にいるといわゆる「日常の雑用」がどうしても多くなってしまい、私がやりたい「ライフワーク」などのための時間が取れないのです。

早期リタイアという道を選んだ私は、自分の体力も精神力も、現役時代とまったく変わらない状態を維持してきているつもりです。だから、今、思いきり自由に遊ぶことを楽しんでいられるのでしょう。これから先もっと年齢を重ねてから「一人で外国で自由に遊ぶ」という暮らしを始めるのは、やはり私自身でも、かなり難しいことのように思えます。

ひとり暮らしは自由。年齢的にも、まだまだ楽しいことがたくさんあります。そして、今、それを始めたからこそ、毎日が楽しいのです。

友人に恵まれる幸福

「ひとり暮らしが楽しい」「一人だから快適」などと言うと、中には誤解をされる方がいらっしゃるかもしれません。もしも、一人とは常に一人でいることかと受け取られてしまうとしたら、それは誤解です。常に一人でいることなど私にはできません。暮らしは一人でも、私にはたくさんの友人・知人がいます。ここシドニーにも、そしてもちろん日本にも。

私は性格的にも、ずっと以前から友人たちとの交流は大切にしてきましたし、手紙や葉書などでの近況報告も、かなりまめに行っているほうだと思います。新しくできた友達も、古くからの友人たちも、そうして連絡を取り合うことで、お互いが相手のことを気に掛けていることがわかりますし、相手を信頼する気持ちも増していきます。

手紙や葉書で近況報告しているうちに、

「それじゃあ、今度、シドニーまで行くわ」

などということになり、私は友人を迎える準備で、うれしい忙しさを迎えることにもなります。

シドニーにも、すでにご紹介したように、K子さんをはじめロレッタやジェニー、そのほかたくさんの素敵な友人たちがいます。彼女たちとの交流はそれは密ですし、だいたいほとんど毎日のように、誰かと会っているといっていいくらいです。

しかも私は、動き回っていることが苦にならない性分ですから、友人たちに誘われれば、さまざまなイベントやパーティーにも顔を出します。そうすると、そこでもまた友達ができて、交流が始まります。さまざまな集まりに出掛け、社会にどんどん参加していくことで、自分と友人とのネットワークも広がっていきます。そしてその結果、自分の周囲には常に人がいることになるのです。そうなると、寂しさや孤独を感じている時間などありません。

これからひとり暮らしをしてみたいと思われる方に、もしも私が何かアドバイスをしてさしあげるとしたら、

・友達をたくさんもつこと。
・そして積極的にコミュニケーションをはかること。

このことに尽きます。

ひとり暮らしをしている人が、寂しさや孤独を感じるか感じないかは、自分がどれだけ友人たちと交流していけるか、ということだと思います。そうして、友人たちに囲まれながら、プライベートな生活は自由気ままな一人の時間を大事にする。孤独ではないひとり暮らしとは、そんなものではないかと思うのです。

私にとって一人でいること

「孤独」という言葉を私が勝手に解釈するなら、それは親しい仲間や、あたたかな家族がいない一人、という状況ではないかと思います。もしもそんな状況下におかれることになったら、おそらく私も孤独を感じるでしょうし、そのことで警戒心が強くなれば、社会全体が信用できなくなったり、未来に対して希望をもつことなくなってしまうことでしょう。

そういう悲壮な「孤独」とは親しくなりたくありませんが、「一人」で過ごす時間は、私はこれからも、できるだけ大切にしていきたいと思っています。

私にとって「孤独」と「一人」はまったく違います。このときの「一人」を、もう少しはっきりと言うなら「一人を楽しむ時間を」と言い換えなければいけないかもしれません。極端に言えば、ひとり暮らしをするのだから、一人でいる時間を楽しまなければ損、という感覚でしょうか。

例えば、読書をするときには、まず絶対といっていいほど一人の時間でなければならないと思いますし、ワインを飲みながら静かな音楽を聴いたりするのも、のんびりと好きな画集や写真集を眺めたりするのも、やはり一人の時間にこそふさわしいと思います。そして、最も一人でなくてはならない、と思うのは、心静かにもの想いに耽るとき……。

そういう時間を楽しめるようになれたら、一人でいることが孤独で寂しいことだとは、簡単には結びつけられなくなるのです。ただしその前提としてあるのは、やはり、先に述べたような、信頼の出来る仲間や家族がいるということ。それに尽きます。

こういうことを素直に認識したり、考えてみたりするということも、これもまた、一人の時間にできることだと思います。そうして、温かな目で私を見守ってくれている家族や友人たちに、私自身、あらためて感謝の気持ちをもつことになるのです。

「一人を楽しむ」とはそういうことではないでしょうか。自由気ままな、私のシドニーでのひとり暮らしは、言ってしまえば、そのためにあるようなものかもしれません。そして、それを思いどおりに実行するために、私はシドニーまで来たような気がします。

今日も、気持ちのいい青空が広がっています。こんな日はいくら快適とはいえ、部屋の中にこもっているのはもったいない。公園に散歩に出掛けて、帰りにあのお気に入りの店に、新しい服を探しに行こうかな……。そんなときもやはり、一人が気楽でいいな、と思うのです。

家族と固くつながっているから

現在、私が住んでいるシドニーの住まいは、日本にいるわが家の家族たちにとっては、まさにセカンドハウスという感覚になっているようです。

私も当然ながら、一年に何回かは日本のわが家に帰ることになりますが、それに加えて夫や娘たちの来豪も頻繁で、だいたい年に三回ほどはこちらに遊びに来ています。家族たちにとっては確かにセカンドハウスに違いないな、と私自身も思います。そのうえ、日本からは友人たちが遊びに来ることも多いので、それらまで含めると、私は一年に九回くらいは、シドニー空港へ誰かを送迎するために往復しているのです。

こうしてあらためて日本とシドニーの、家族や友人たちとの行き来を思うと、日本から離れて、北半球と南半球で別々に暮らしているという意識は、ますますなくなってしまいます。それでいて、毎日顔を合わせているわけではないので、会ったときには家族の会話は尽きることがありません。もちろん、実際に会って話す以外にも、電話やEメールを使って、ほとんど毎日のように家族とは会話をしていますから、久々に会って話をしていて「話の内容が見えない」などということも皆無です。

これは私だけが感じていることではなく、おそらくわが家の誰もが感じていることでしょう。それでいて、日常的にベタベタとしたところがない関係というのは、私にとってはむしろ理想的な家族関係といえます。

いつも一緒にいるから……、家族そろって暮らしているから……、だから幸福、とは言い切れないのではないかと私は思うのです。私にとって大事なのは、カタチとして家族が一緒に暮らしていることではなく、離れて暮らしていても、家族の心が固くつながっていることです。そういう感覚がいつも自分の心の中にあることで、私は常に安心でき、ひとり暮らしをしていても「孤独」を感じることはないのです。

私は独りぼっちではないのだ、ということを、ひしひしと実感させてくれたのが、ここシドニーで始めたひとり暮らしでした。大切にしている一人の時間、自分を見つめてさまざまなことを考え、思い、そして私は今日も、あらためて私の家族に感謝するのです。

資　料

●シドニー日本人会

世界各国にある「日本人会」は、おもに現地と取引のある企業の社員、およびその家族が中心となって構成されている親睦団体です。

「シドニー日本人会」の歴史は古く、設立されたのは一九〇九年。その後戦争によって一時解散しましたが、一九五七年に新たに設立され、シドニーに住む日本企業の社員や家族のほか多くの永住者が会員となって活動しています。

会は、会員相互の親睦・交流と日豪の親善・交流の推進、および、シドニー日本人学校への支援・協力というのが主な目的で、それを達成するためのさまざまな活動が活発に行われています。活動の内容は、当地と日本の歩んだ歴史を考えるような文化関連から、ゴルフやテニス、水泳や釣りといった、趣味を楽しむレクリエーションまでさまざま。日本の著名人による講演会やコンサートなどのイベントも好評です。

昨年、私がお手伝いした藤本統紀子さんのシャンソンコンサートは、私がぜひにと企画した個人的なイベントでしたが、同時に行われた藤本義一氏の講演会は、この「シドニー日本人会」の文化委員会主催によるイベントでした。たまたま、私が藤本義一氏とご縁があった関係で、お世話させていただいたというわけです。

「シドニー日本人会」では、毎年一〇月、シドニーより内陸のカウラという町にある、旧日本人捕虜収容所で行われる慰霊祭へ参列するツアーを、恒例行事として行っています。かつて捕らわれていた日本人兵士たちが、この収容所から集団脱走をしたものの、あまりの荒野で逃げ切れず、集団自決した場所です。ちょうどさくらの花が咲く季節（桜並木が満開になるこちらの一〇月は春）、駐オーストラリア大使も参列するこの慰霊祭に、シドニーに住む日本人の一人として私も参列しましたが、過去の深い歴史に感慨深いものがありました。

●リタイアメント・ビザ（二〇〇一年五月末現在）

先進国の中でリタイアメント・ビザ（退職者ビザ）があるのはオーストラリアだけ。文字が示す通り、退職後に就労する意志がなく、残りの人生をオーストラリアで楽しもうという人々のためのビザです。

このビザは、近年のオーストラリア人気と相まって、関心を寄せている人が非常に増えているそうです。現に、私が取得手続きの代行を依頼した(株)日本ブレーンセンター・オーストラリアには、年間およそ一〇〇件ほどの問い合わせがあり、実際には年間一〇名ほどが取得しているとのことでした。

このほか、実際には退職者でも、リタイアメント・ビザを取得せずに、簡単に取得できる旅行ビザのまま、三カ月ごとに出入国を繰り返している人もかなりいるようです。しかし、どう考えても三カ月ごとの出入りはやはりめんどうです。リタイアメント・ビザなら、初年度は四年間有効。その後は二年ごとか三年ごとに延長できるようになっていますから、私の場合は、最初にこのビザを取得してしまうほうがずっとラクだと思ったのです。

このリタイアメントビザを申請するためには、いくつかの条件が満たされていなければなりません。

その条件とは

○夫婦のどちらかが五五歳以上であること
○配偶者以外に扶養家族がいないこと（子供がいる場合は全員が独立していること）
○オーストラリア国内で就労しないこと
○胸部レントゲンを含む健康診断の結果に異常がないこと
○次のいずれかのオーストラリアへ移動可能な資産があること
①　六五万ドル（オーストラリアに永住している独立した子供がいる場合は六〇万ドル）の資産があること
②　二〇万ドルの資産、及び、年間四万五千ドル以上の年金あるいは投資等による収入があること（オーストラリアに永住している独立した子供がいる場合は、一万ドルの資産、及び、年間四万二千ドル以上の年金あるいは投資等による収入があること）

●私の渡航歴

一九七五年から一九七九年　マニラで生活（駐在員の夫に同行）
一九八一年　インド（単身赴任の夫を訪ねて）・マニラ

一九八三年　シドニー・シンガポール
一九八五年　ドミニカ（単身赴任の夫を娘達と訪ねて）・カナダ・ニューヨーク・香港・マカオ・中国
一九八六年　ドミニカ（単身赴任の夫を娘達と訪ねて）・サンフランシスコ・ラスベガス・マニラ・香港
一九八七年　ロンドン・パリ・スイス・スペイン・イタリア・シンガポール・バンコック
一九八八年　アトランタ・パリ・スイス・イタリア・ドイツ・リオデジャネイロ・ニューヨーク
一九八九年　バンフ・トロント・ハワイ・サンフランシスコ・ロサンゼルス
一九九〇年　サンフランシスコ・エジプト・パリ・ニース・モンテカルロ・ミラノ・サンマリノ・ベニス・ファドーツ・チューリッヒ・ルクセンブルク・ブルージュ・ブリュッセル・ロンドン・バリ島
一九九一年　ニューオリンズ・デンマーク・ノルウェー・フィンランド・グアム・タヒチ
一九九二年　シカゴ・シドニー・ゴールドコースト
一九九三年　ボストン・キーウェスト・クアラルンプール

一九九四年　ダラス・メキシコ・ギリシャ・トルコ・エーゲ海・ポルトガル
一九九五年　アラスカ・トロント・ニューヨーク・バンクーバー・カルガリー・レイクルイーズ・中国・プーケット
一九九六年　アナハイム・ペルー・シドニー・メルボルン・韓国
一九九七年　アトランタ・カンクーン・ケープタウン・ヨハネスブルグ・香港
一九九八年　シカゴ・ベルリン・ブダペスト・プラハ・ウィーン・シドニー・モロッコ
一九九九年　シドニー・パース・マニラ・台湾
二〇〇〇年　シドニー・ニュージーランド

●父の家系について

『ふるや――但馬 ふるや 歴史と風俗』（一九九〇年、古屋自然村の会発行）の中の小倉家の歴史を参考にいたしました。

著者プロフィール

永田 朝子（ながた あさこ）

1945年　兵庫県に生まれる。
1975年　夫の赴任地マニラに同行し、以後5年間同地で家族とともに暮らす。
1980年　第一生命（相）にセールスレディとして入社。20年間勤務。この間優秀な営業成績をおさめMDRT終身会員となる。
2000年　定年退職し、オーストラリアに移り住む。

あこがれ発シドニー行き　55歳からの海外女ひとり暮らし

2002年3月15日　初版第1刷発行
2002年10月15日　初版第3刷発行

著　者　永田 朝子
発行者　瓜谷 綱延
発行所　株式会社 文芸社
〒160-0022　東京都新宿区新宿1-10-1
電話　03-5369-3060（編集）
03-5369-2299（販売）
振替　00190-8-728265

印刷所　図書印刷株式会社

ISBN4-8355-3244-9 C0095